8

ウィル様は今日も魔法で遊んでいます。

Ayakawa Karara
綾河ららら
Illustration ネコメガネ

will sama ha
kyou mo mahou de
asondeimasu.

ウィル

王都レティスにてトルキス家の長男として生まれる。家族や使用人達の愛情を受け、すくすくと成長中。魔力の流れを見て、それを再現する能力に目覚め、急速に魔法を覚えている三歳児。

シロー

【飛竜墜とし】の二つ名を持つ元凄腕の冒険者。ウィルの父親。

レン

トルキス家のメイドだが、その正体は複数の二つ名を持つ元冒険者。

セシリア

フィルファリア王国公爵オルフェスの娘でウィルの母。回復魔法が得意。

一片

トルキス家の守り神である風の幻獣。ウィルを気に入り力を貸す。

カルツ

【魔法図書】の二つ名を持つテンランカー。【大空の渡り鳥】のメンバー。

モニカ

グラムによるトルキス邸襲撃事件の際にウィルが出会った獣人の少女。

一度見ただけで魔法を再現できる少年ウィル。ソーキサス帝国への親善訪問を控え、精霊の庭を訪れたウィルは、レクスと並ぶ大幻獣の一柱、大海を守護する水の大幻獣ユルンガルと友誼を結び、更にアーシャ、クティ、クララたちと本契約を交わすことに。そして、親善使節団としてソーキサス帝国領内に足を踏み入れたウィルたちだったが、道中で立ち寄った村に迫る危機を解決し、魔獣の一団に襲われる人々に救いの手を差し伸べながら、帝都への歩みを進めるのだった……。

will sama ha
kyou mo mahou de
asondeimasu.

presented by ayakawa rarara

第一章

帝都、到着

episode.01

will sama ha
kyou mo mahou de
asondeimasu.

「シロー様」

「何かわかりましたか、エジルさん？」

「リザードたちはどうやら南側から進行してきたようですね。痕跡が続いていました」

エジルからの報告を受けたシローはテーブルの上に広げた地図に視線を落とした。

「南側か……」

地図は護衛部隊から提供されており、それを取り囲むようにシローたちやデンゼル、護衛部隊の隊長、救助された冒険者や商人の代表者が立っている。

「帝都の南側には少し大きめの森がありますね……そこから流れて来たということか……」

「森からですか？」

シローの推測にデンゼルが聞き返す。確かに帝都の南側には森があるが、森と休息所の間には結構な距離がある。帝都に近い休息所ではあるが、普通に考えれば森から来たとは考え難い。

だが、冒険者の代表には思い当たることがあるようだ。

「この森にはフォレストリザードと呼ばれる魔獣が生息しています」

一方、この近辺にリザード種が生息しているという報告はないという。冒険者たちも商人たちもこんなところでリザードに襲われるのは初めての経験だそうだ。

「魔獣の生息域が変わることはあるにはありますが……」

自分自身で調べた結果とはいえエジルも腑に落ちないようだ。だが、何らかの問題が起きたリザード種が移動する距離としては考えられる範囲ではある。

「この森の魔獣は強いから帝国軍や冒険者ギルドが定期的に調査、討伐に乗り出しています。異変があれば気づきそうなものですが……」

話を聞く限り、氾濫《はんらん》の余波ではなさそうだ。何らかの理由で狩場を追われたリザードが生息域を変えたのか。結局、現地に赴いて調査しないことには結論は出ない。

シローやレンが赴いて調査すれば早いが、立場上、そうもいかない。調査はソーキサス帝国の軍部か冒険者ギルドに任せるしかなさそうだ。

「とーさま」

「おっ、ウィル。来たか」

足元に駆け寄ってきたウィルの頭をシローが撫でる。

聞きたいことがあってエリスにウィルを呼んでくるように頼んだのだが付き添ってきたのはレンであった。エリスが気を利かせてくれたらしい。

「およばれしましたー」

「ウィル様。お集まりの方々に挨拶なさいませんと」

レンの指摘にウィルがはっとなって慌てて挨拶《あいさつ》をした。

「うぃるべる・はやま・とるきすです！」

元気なウィルに大人たちの表情が綻《ほころ》ぶ。冒険者や商人の代表者たちもウィルが精霊を使役して彼らを助けたのを見ている。シローに向ける感謝と同様に、彼らはウィルにも感謝していた。

「小さな魔法使い様。この度は我々を助けていただいてありがとうございます。とても素晴らしい魔法でございました」

「それほどでもー」

商人の代表者から感謝を述べられたウィルが照れたように身をくねらせた。魔法使いとして扱われたことも魔法を褒められたこともとても嬉《うれ》しいようだ。

「ウィル、騎乗獣のことなんだけど」

「んー？」

シローがここにウィルを呼んだ理由は治療した騎乗獣の状態を聞くためだ。騎乗獣はクローディアが治療していただいため、ウィルから様子を聞きたかったのだ。

しかし、ウィルが答えるより早く、クローディアはウィルの体から姿を現した。クローディアの姿を今一度確認した冒険者や商人、精霊を初めて間近で見る部隊長が感嘆の声を上げる。

「傷は完全に癒やしました。少し消耗していましたがクティが土属性の魔法で体調を整えていたので明日には問題ないかと思います」

「精霊様、私どもの財産を助けていただき、誠にありがとうございます」

深々と頭を下げる商人にクローディアは照れ笑いを浮かべてから姿を消した。騎乗獣も商隊を務める者の財産。家族同然に向き合う者も多い。

「明日にでも動けそうなら一緒に帝都へ向かえますね」

「その、本当にご一緒しても構わないのですか？」

クローディアの報告を受けて満足そうなシローに商人が申し訳なさそうに向き直る。

貴族の、それも他国から親善訪問に来ているシローたちの隊列に加わることは普通なら恐れ多いことだ。

だが、シローは元冒険者であるため、商隊の大変さはよく理解しているし、商人たちが同行しても大して気にならない。他の懸念もあり、一緒に行動してくれるほうが彼らの安全も確保しやすい。

「たくさん魔獣を狩った後ですからね。血の匂いに釣られて他の魔獣が姿を見せないとも限らない」

「ありがとうございます」

シローの申し出に商人や冒険者の代表が深く頭を下げる。

「わるいまじゅうさんだったからしょーがない」

ウィルもウンウンと頷《うなず》いている。以前、シローから魔獣をたくさん狩ってはいけないと教わったウィルだが、今回の救援に関してはそれが例外だと理解しているようだ。

人を助けるためには仕方ない。だが、この後に訪れる懸念事項の対処はできる範囲で、大部分はソーキサスの軍部や冒険者ギルドに任せることになりそうだ。

軍部への報告はデンゼルが、冒険者ギルドや商人ギルドには代表者たちがそれぞれ報告してくれる。すぐに対応してくれるだろう。

「うぃるもなにかおてつだいするー?」

話し合うシローたちに感化されたのか、ウィルが手伝いを申し出る。

そんなウィルの頭をシローが優しく撫でた。

「そうだなぁ……それじゃあ、レンと一緒に見回って困っている人がいたら助けてあげて」

「りょーかい！」

元気よく返事をしたウィルがレンを伴ってその場を立ち去る。

「将来が楽しみなご子息ですな」

ウィルの背中を見送った冒険者が笑みを浮かべてシローを見た。その表情に降参の意が含まれているのは見間違いではないはずだ。

「子どもで、あれだけ強い力を持っていれば自慢のひとつもしたいでしょうに……」

困っている人を見つけては力になろうとするウィルの姿はそんな様子を微塵《みじん》も感じさせない。

「魔法で誰かが喜んでくれるのがあの子にとっての一番なんですよ」

「なるほど……」

シローの説明を聞いて大人たちが納得する。

危うくも、一生懸命なウィルの姿は見守っていたくなるものだ。

ただ、大人としてはウィルの背中を眺めてばかりもいられない。

「我々も仲間の手伝いに参りますかな？」

「そうだな。小さな魔法使いばかりに働かせていては立つ瀬がない」

商人の提案に笑って答えた冒険者はシローに別れを告げるとそれぞれの持ち場に散っていった。

トルキス家の車両に護衛部隊、そこに商隊も加わって高い陽の光の下、長い隊列が進む。

前方の兵士が目標を視界に捉えて声を上げた。

「見えたぞー！」

徐々に現れる帝都の外観。旅の疲れを癒やすその光景に顔を上げた兵士たちの表情も晴れる。

「着いたの⁉」

「ついたー？」

「こら、ニーナ、ウィル！　危ないぞ！」

馬車の窓から身を乗り出すニーナとウィルをシローが慌てて窘めるが、徐々に見えてくる帝都の外観を目にしてお子様たちは興奮気味に目を輝かせていた。

「「おっきー！」」

フィルファリアの王都の外観に負けず劣らず、圧倒的な大きさを誇る帝都の外観にふたりは感嘆の声を上げて頭を引っ込める。

「せれねーさまも！」

「えっと……」

ウィルが自分の見た景色をセレナにも見せようと招き入れるがセレナは困った笑みを浮かべてしまう。今しがた、シローに窘《たしな》められたばかりで気を遣っているのだ。

そんな物わかりのいいセレナの姿にシローも困った笑みを浮かべた。ニーナとウィルに見せてセレナに駄目とは言えない。

「セレナ、周りに気をつけて」

「はい！」

シローから許可を得られて年相応の笑顔を浮かべるセレナにセシリアも思わず笑みをこぼしてしまう。

乗り出したセレナの髪を優しい風が撫でていく。

「ホントに大きい……」

大きく築かれた人間たちの拠点にセレナも感嘆の息を吐く。

そんなはしゃぐ子どもたちを見守るシローが目を細める。優しげでもあるその表情はどこか憂いを帯びており、シローの裾をセシリアが柔らかく掴んだ。

「シロー様……」

「大丈夫だよ、セシリアさん」

シローがセシリアの手を握り返す。セシリアもわかっている。帝都に到着するまでに起こった問題は楽観視していい類いのモノではない、と。

だが、表立って騒いでは子どもたちも不安になる。それはふたりの望むところではなかった。

シローがセシリアの不安を取り除くように優しく手を撫でる。それだけでシローの意図を察してセシリアの表情も少し柔らかくなった。

「……いちゃいちゃしている」

目立たないようにやり取りしているつもりだったが。

シローとセシリアのやり取りに気づいた子どもたちが繋《つな》いだふたりの手をじっと見下ろして、ウィルが端的に感想を述べた。

慌てて手を離すシローとセシリア。夫婦仲を見せつけられて気恥ずかしさから思わず頬を染めてしまうセレナと、ふたりの仲睦まじさに嬉しげな笑みを浮かべるニーナ。

「とーさまとかーさまがなかよしで、うぃるはとってもうれしーです」

夫婦の心配もどこへやら。ウィルの決定的な駄目押しを食らってシローとセシリアは頬を朱に染めてしまう。

そんなトルキス家にどのようなことが待ち受けているのか、この時はまだ誰も知る由もなかった。

◆

本来であれば貴族は優先的に街への門を通される。だが、シローたちは門の前の駐機場で少し時間を潰《つぶ》すことになった。

同行している商隊を分離する必要があり、加えて彼らが魔獣に襲撃されたことを門番へ申し送りするためだ。

解決したとはいえ魔獣の襲撃の報告は急務であり、冒険者ギルドや商工ギルドへの報告は彼らに任せることになる。そのことを門番へ伝えて彼らの検閲を優先的に進めてもらわなければならない。

「畏《かしこ》まりました」

対応した番兵がシローやデンゼルの前で敬礼する。

デンゼルはひとつ頷くと視線を駐機場へと向けた。駐機場には多くの商人や冒険者が列をなしている。

「どうやらかなりの人間が帝都に訪れているようだな」

デンゼルの目から見ても訪問者の数が多いらしく、そのことを指摘された番兵は苦笑いを浮かべた。

「はっ。どうやら、フィルファリアからの親善訪問がどこからか伝わったらしく……」

数日前からこのような状況だという。

シローたちも特にお忍びで来訪したわけではないので、どこからか話が広まって人が集まったとしても不思議ではない。商人ならば稼ぎ時と判断する者もいるだろう。

「とーさまー」

シローがデンゼルたちと談笑しているとウィルから声がかかった。シローが向き直ると駆けてくるウィルの後ろにセレナとニーナ、レンもいる。

シローの下まで駆け寄ったウィルがそのまま足にしがみついた。

「ウィル、挨拶してきたか？」

ウィルたちはレンに付き添われ、商隊の子どもたちへ別れの挨拶を言いに行っていたのである。

シローの質問に顔を上げたウィルが少し口を尖らせた。

「ばいばいしてきたけどー……」

「………？」

不満そうなウィルにシローが首を傾げる。理由はすぐにわかった。

「せっかくなかよくなったのに、おわかれはさみしーです」

しょうがないこととはいえ、ウィルの心は別れの寂しさでいっぱいなのだ。心優しいウィルのことだ。わずかな期間とはいえ、共に旅をして情が移ってしまったのだろう。

シローが宥《なだ》めるようにウィルの頭を撫でた。

「旅とはそういうものだよ。だから、出会いは大切にしないとな」

「むぅ……」

唸るウィルを見ても大人たちが何かを言うことはない。ウィルが感じていることを理解できるし、シローと同意見であるからだ。

しかし――。

「なっとくはできませんな！」

正直に答えるウィルに大人たちが思わず苦笑する。言っていることはわかる。だが納得はできない。実に子どもらしい反応であった。

そんなシローとウィルのやり取りは一般の貴族の親子像とはかけ離れており、見る者を和ませる。

「ほら、もうすぐ街の中へ入るよ。馬車で待ってなさい」

「むぅむぅ」

シローに促され、レンに連れられたウィルは頬を膨らませたまま、姉たちと一緒に馬車へと戻っていった。

帝都の門を潜ると街の中は大きな賑わいを見せていた。

行き交う人々が足を止め、先導する部隊の掲げる旗に気づいて歓声を上げる。それが呼び水となり、多くの人が街道に並んでトルキス家の馬車を見送った。

「こんなに歓迎してもらえるなんて……」

人々の反応が意外だったのか、セレナが感嘆の息を漏らす。

先の戦争を思えば当然歓迎されないことも考えられた。しかし、多くの人はフィルファリア王国からの来訪を好意的に受け取っているように見える。

全ての住人が歓迎しているわけではないかもしれないが、セレナを驚かせるには十分だった。

「それだけ前皇帝が圧政を強いていた、ということかもしれないね」

帝国の民たちは元より戦争など望んではいなかった。そうでなければ内戦から新皇帝の即位まで順調に事が運んだりしなかっただろう。十数年という月日で両国の蟠《わだかま》りが解けることも考えづらい。

セシリアもシローに同意して付け加えた。

「シャナルお従姉《ねえ》様の力添えも大きいのではないかしら」

普通に考えれば、戦争終結後すぐに敵国の皇帝に嫁いだシャナルに苦労がないはずがない。しかし、彼女の振る舞いが両国の関係の修復を加速させた可能性はある。

それがどれほど難しいことか――。

「すごい人ですね……」

行動力があって優秀な人物――セレナが思い浮かべたのはそんな女性像だった。

そんな女性が年端もいかないウィルに会ってみたいという。いったいどういう経緯でそう思い至ったのであろうか。

セレナがそんなふうに考えながら弟のウィルに視線を向けると、ウィルは窓の外に手を振っていた。見送る者の中には手を振るウィルに気づいて振り返してくれる者もいる。

「よかったわね、ウィル」

「とってもまんぞく！」

ニーナに頭を撫でられ、ウィルはホクホクとした笑みを浮かべた。それから手を振り上げ、シローたちに熱弁する。

「うぃるはここのひとたちともなかよしになりたいです！」

「そうだな」

ウィルの言葉にシローが満足げに頷く。

「もしソーキサスと同盟が結べれば、一般の人たちももっと自由に両国を行き来できる。そうなれば経済も潤って豊かになる人も増えるはずだ」

そして同盟国となったソーキサス帝国がウィルの有用性を理解し、保護に協力してくれるのであればこれほど心強いことはない。

「みんなしあわせになれるー？」

「ああ、みんな幸せになれるよ」

「じゃー、うぃるもがんばるー」

喜んで協力を申し出るウィル。ウィルは何をすればいいのか理解しているのだろうか。

「うぃる、なにしよっかー？」

「できることがあったらお願いするよ」

当然のように何をしていいかわからないウィルの頭をシローは優しく撫でるのであった。


馬車は中央の大通りを抜け、東側に聳《そび》える城の南寄りの脇まで進んだ。そこに帝都の迎賓館《げいひんかん》がある。

「おっきー！」

「立派ね！」

門を潜り、馬車を降りたウィルとニーナが豪華な建物を見上げて口を開ける。王都の迎賓館に負けず劣らずの素晴らしい建物だ。

脇を固める兵士に加え、多くの執事やメイドが綺麗《きれい》に並んでウィルたちを出迎えた。

「「「ようこそ、帝都アンデルシアへ」」」

一糸乱れずお辞儀する使用人たち。その整然たる姿にウィルが感嘆の声を上げる。

代表して中年の執事がシローたちの前に進み出た。

「お待ちしておりました。どうぞこちらへ」

執事に促されたシローたちが後に続き、さらにその後ろをトルキス家のメイドたちが手荷物を持って続く。

そのまま部屋に案内してくれる手筈であったが、シローたちの到着を聞いて出迎えてくれたのは使用人たちだけではなかった。

「長旅、お疲れ様でしたな」

シローに声をかけてきたのは立派な髭《ひげ》を蓄えた肩幅の広い男であった。背は高くはないが太っているわけではなく、しっかりとした筋骨が貴族然とした衣装を押し上げている。

彼の後ろには綺麗に髪を束ねた小柄な女性が控えており、笑顔で男を窘めた。

「あなた、お声が大きいですわよ。子どもたちがびっくりしてしまいます」

「いや、つい……」

勢い余った男が頭を掻いて、女性とシローたちに向かって照れ笑いを浮かべる。

子どもたちはそんな大人たちを見てポカンと口を開けた。男の大きな声に驚いたのではなく、女性の放ったひと言であった。

女性の外見はセレナより少し年上くらいに見えるような童顔。しかし、ふたりのやり取りからふたりが夫婦であることが子どもたちにも想像できた。

「おわかい……」

思わず零《こぼ》れたウィルの感想に女性が嬉しそうに頬を緩める。

「あら、ありがとう。お世辞がとってもお上手ね」

頭を撫でてくれる女性にウィルは困ってしまった。なぜなら見たままだったからである。

そんなウィルたちの反応を楽しむように女性がウィルから離れた。

「でも、私はきっとあなたたちのお父様やお母様より年上よ？」

更なる衝撃。

固まってしまう子どもたちに今度は男のほうが顎髭を摩《さす》りながら豪快に笑った。

「わっはっは！　ドワーフの女性に会うのは初めてかな？」

「どわーふ……」

ソーキサス帝国よりさらに東にあるドヴェルグ王国。そこでは多くのドワーフが人間たちと共存している。

ドワーフは人間よりも寿命が長く、また背が低い傾向にある。男性は頑強な体軀に立派な髭を蓄え、女性は健康的ながら年若い。故に女性のドワーフは実年齢より幼く見られることが多々あった。

「遅れましたな。私、ドヴェルグ王国大使のひとり、オリヴェノ・サーストンと申します」

シローに向き直った男が大きな手をシローに差し出す。それに応えるようにシローも笑みを浮かべて手を握り返した。

「初めまして。フィルファリア王国外交官シロー・ハヤマ・トルキスと申します」

「『飛竜墜とし』の噂《うわさ》はよく存じております」

オリヴェノもシローの冒険者時代の二つ名を知っているようで、シローたちとの出会いを素直に喜んでいた。

その様子を見守っていた中年の執事が頃合いを見計らって間に入る。

「オリヴェノ様、トルキス家の皆様は長旅でお疲れでしょう。積もる話は後日にして、今はご自重《じちょう》なされませ」

「おお、そうでしたな。これは私としたことが……」

執事の心遣いにオリヴェノも納得したように頭を掻いた。話に花が咲いてはシローたちを長く拘束することになってしまう。

身を引くオリヴェノに安堵した執事が気を取り直してシローたちの案内を再開しようとする。

「セシリア！」

そこに今度は女性から声がかかり、向き直った執事が仰天した。

執事だけではなく、声をかけられたセシリアも驚きのあまり手を口に当てる。

「シャナル従姉様⁉」

彼らが見たものは女中を引き連れて駆けてくるシャナルの姿であった。否、女中を振り切って駆けてくる、と表現したほうが正しいか。

「皇妃様！　どうしてこちらに⁉」

「セシリアたちが到着したと聞いてね、いても立ってもいられず……」

慌てる執事にシャナルが照れ笑いを浮かべる。ようやく追いついてきた女中たちが肩で息をしているのを見るに、相当急いできたようだ。しかしシャナルのほうは大した疲れを見せていない。

執事への返答もそこそこにシャナルがセシリアの手を取った。

「元気そうね、セシリア」

「シャナル従姉様もお変わりなく……」

苦笑いを浮かべるセシリアであったが、シャナルは満足そうな笑みを浮かべると視線をシローへ向けた。

「この人が噂の『飛竜墜とし』ね。旦那様と認めさせるのにずいぶん無茶をしたって聞いたわよ?」

「そ、それは……」

シローとセシリアの結婚が他国でも話題になっていたと聞いてセシリアの頬が赤く染まる。一方、シローも困った笑みを浮かべてしまった。

そんなふたりの反応を見て夫婦仲の良さを感じ取ったシャナルが目を細める。

「これからもセシリアのこと、大事にしてあげてね」

「それはもちろん」

シャナルの離れて暮らすセシリアへの気遣いを感じたシローが快く応えた。

シローの返事に満足したシャナルが手を離し、今度は子どもたちの前に立つ。子どもたちを見回すシャナルの視線は嬉しそうでもあり、楽しそうでもある。

「あなたたちがセシリアの子どもたちね」

「は、はい!」

勢いに気圧《けお》されてあっけに取られていたセレナが背を正し、ニーナとウィルを前に出した。

「お初にお目にかかります、シャナル皇妃様。私がセシリアの長女、セレナと申します。こちらが妹のニーナと弟のウィルベルです」

堂に入った礼を披露するセレナとそれに倣《なら》って礼をする弟妹を見てシャナルが目を瞬《またた》かせる。

シャナルから見てもその姿は愛らしくも驚嘆に値するものだ。

「優秀なのね。でも、私はあなたの母とは仲の良い従姉妹よ? もっと砕けた感じでいいわ」

「そ、そうは参りません。皇妃様……」

いくら身内であろうともシャナルは皇妃であり、分別のある者が砕けた態度で接していい身分ではない。

困惑するセレナとそれを面白がるシャナルは傍から見ていても困ったものであった。

「セレナは小さい頃のセシリアにそっくりね」

ひとしきりからかって満足したのか、シャナルが子どもたちから一歩下がる。その視線がポカンと見上げるウィルと合ってシャナルが笑みを浮かべた。

「トルキス家の皆さん、長旅ご苦労様でした」

視線をシローとセシリアに戻したシャナルが今度は凛とした態度を示す。

高貴な雰囲気を漂わせる急な変わり身にシローとセシリアが背筋を伸ばした。おそらくだが、今見せている姿こそ皇妃としてのシャナルなのだろう。

「まずは旅の疲れをゆっくり癒やし、後日改めて語らいましょう」

「はっ」

シャナルの労いに一家を代表したシローが敬礼を返す。

シャナルはひとつ頷いて優しげな笑みを浮かべるとくるりと踵《きびす》を返した。

「さぁ、お城に戻るわよ！　勝手に出てきちゃったからね！」

「そうお思いになられるならもう少し考えてから行動してくださいまし！」

来たときと同じ速度で帰っていくシャナルに苦言を呈しながら女中が後を追う。

その姿が見えなくなるまでシローたちはあっけに取られたまま見送った。

「なんだか安心したような……シャナル従姉様、全然変わっていないわ」

安堵なのか嘆息なのか、複雑な息を吐くセシリア。

その後ろで豪快に笑ったのはオリヴェノであった。

「相変わらずですなぁ、シャナル皇妃」

シャナルの変わり身っぷりは他国の大使も知るところであるらしい。

そんなシャナルの去った後をじっと見つめたままのウィルの頭をシローが撫でた。

「ウィル、シャナル皇妃様はどうだった？」

どうかと問われれば答えに窮《きゅう》してしまう者も多い。

だがウィルはまだまだお子様で思ったことははっきり言う。さらには普通の人間が感じ取れない魔力を感知することも可能だ。

そんなウィルがシャナルをどう評価するのか、シローの純粋な興味であった。

「んー……？」

しばし考え込んで言葉を選んだウィルがシローを見上げる。

「とってもあったかい！」

それがウィルの感じたシャナルの第一印象。ウィルの様子からはシャナルを警戒する様子は微塵も感じられない。これはウィルや精霊たちの評価が信頼に寄っている証しだ。

「そっか、温かいか」

「そー！」

ウィルの評価はウィルの能力を知らない者が聞いても微笑ましいものだ。

ウィルはこくこく頷くともうひとつ付け足した。

「おーおじさまにそっくりー」

それがフィルファリア王国先王ワグナーのことであり、シャナルの父であることをこの場の誰もが知っている。

小さなウィルに似た者親子だと評されて、大人たちは失礼に当たらないよう笑いを噛み殺すのであった。

◆

薄暗い石室の中でフードを目深《まぶか》にかぶった男が机に身を預けている。部屋を灯す薄明りでは目元まではっきり見ることはできないが、こけた頬の口元は微かな苛立ちに歪んでいる。

周りを囲む者たちもその雰囲気を推し量っており、室内の空気はこれからの計画も相まって緊張に満たされていた。

やがて扉の向こう側から合図があり、男が苛立ちを隠す。

一拍間を置いて、若い男が室内に入ってくる。

男の苛立ちの原因はこの本部から遣わされた仲間にあった。

「ようこそ、キース殿」

「どこの貴族も同じだなぁ……こうした地下道を秘密裏に作るところなどは……」

それは男の配下に元貴族が多いことへの当てつけか、それとも本部の人間が無神経なだけか。

周りの視線を感じ取った男――キースが軽薄そうな顔を緩めた。

「気にするな、経験談だよ」

手を振って同類をアピールするキース。キースの態度からは元貴族のような品は感じられないのだが。キースは気にした素振りもなく、フードの男の前に進み出た。

「外はお祭り騒ぎだったよ。よそ者の俺が紛れ込んでても全く疑われもしない」

「……そうか」

キースの報告にフードの男は感情を殺し、かろうじて短く応える。

そんなフードの男の様子にキースは肩を竦《すく》めて見せた。若いキースの振る舞いがいちいち男たちの癪《しゃく》に障《さわ》る。

だが、ここで声を荒らげて騒ぎ立てるわけにはいかない。男たちはある計画のために潜伏中の身であり、目の前のキースは彼らの組織の中でも実力者だ。ここにいる人間が束になっても敵わないほどに。

歓迎のない静まり返った室内の空気を吹くように息を吐《つ》いたキースが懐《ふところ》に手を忍ばせる。

「そういや、忘れてた。ドミトリー殿、こいつを渡しておくぜ」

「それは……？」

キースが懐から出したものは見る者を引きつけるような美しく赤いクリスタルであった。神経を逆撫でるような男の手にあるというのに、思わず手を伸ばしてしまいそうになる。

キースは笑みで口元を歪めるとフードの男の目の前にクリスタルを置いた。

「我らが神の思《おぼ》し召しさ。それ自体に強大な力が秘められているらしいぜ」

周りの誰かからも感嘆の声が漏れる。それほど美しいクリスタルだ。

彼らの信仰する神は聞いたことのない知識を授け、見たこともない力を彼らに示す。彼らが活動に用いる魔道具などはその一端でしかない。

赤いクリスタルは誰もが初めて見る代物であった。

この場に持ってきたキースもどのような効果が及ぶものか知らないらしい。

「だから、そのクリスタルはあんたがどうしようもなく追い詰められたときの切り札として使え、ってさ。まぁ、俺としてはド派手にぶちかましてしまうのもアリなんじゃねぇか、って思うけどよ」

「追い詰められたときの切り札、というからにはそれなりのリスクがあるのだろう……気軽に使用できるはずがない」

軽口を叩くキースにフードの男――ドミトリーが目を細め、視線で射貫く。

だがドミトリーにとっても強大な力というのは得ていて損はない。

「これはありがたく使わせてもらう」

「そうかよ」

ドミトリーの愛想の悪さにキースがまた肩を竦めて見せる。そして来たときと同じように扉のほうへ歩いていった。

「俺はお祭り気分の街中に潜伏させてもらうぜ。こんな地下で引き籠《こ》もるのはゴメンだし、あんたらが行動を起こせばすぐに駆けつけるからよ」

「好きにしろ」

計画の大方はキースにも伝わっている。本部からの増援であれば馬鹿なこともしないだろう。何よりお互いそりが合わない者同士、顔を突き合わせている必要もない。

「ちゃんと働くからよ」

「わかったからとっとと行け」

これ以上、話すこともない。

キースが退室し、石室は元の静けさを取り戻した。

足音が遠のいていくのを待って壁に寄りかかっていた男のひとりがフードの男の前に立った。

「大丈夫なのか？」

味方にするには些《いささ》か軽薄で、初対面の彼らには信用に値しないのだろう。

大きく息を吐いたドミトリーが組んだ手の上に顎《あご》をのせる。その顔には暗い笑みが張りついていた。

「問題ありませんよ。如何に強くとも、ああも足りない頭ではね」

計画に支障はない。そして、その計画が成就すれば自分はとんでもない力を得ることができる。

フードの奥で、ドミトリーは湧き上がる笑いを必死に噛み殺していた。

「ウィルくんたちがいる迎賓館や僕たちがいる大使館はアンデルシアの南東側のこの辺り。今いる広場はお城から少し西にあって式典とかはここで行われることが多いね。街並みは東に行くとだんだん裕福そうになっていく感じかな」

「ほうほう……」

広げた街の地図を覗き込みながら説明してくれるドワーフの男の子にウィルがこくこくと頷く。

ドヴェルグ王国の大使館に従事している者には家族連れも多く、ウィルたちに手製の地図を用いて説明してくれた男の子はオリヴェノの息子であるグレイグだ。

シローとセシリアはそれぞれ仕事があるため、ウィルたちは昼までドヴェルグ王国の子どもたちと街中を散策し、友好を深めている。

「とてもわかりやすい地図ですね」

子どもが作ったとは思えない出来栄えをセレナが褒めるとグレイグは照れたように頭を掻いた。

付き添いで来ていたルーシェとミーシャも感心している。

「見事なものですね」

「ほんとうに～。よくできてます～」

「立ち入れないところは書けないですけど、それ以外は……」

どうやら自分の足で赴いて書いているらしい。彼の地図からはアンデルシアの街の魅力がよく感じ取れた。

「ドヴェルグの人たちにもアンデルシアの街を知ってもらいたくて」

そんな思いで彼の地図は誕生したらしい。

「僕は色んな街を巡って、その魅力を記してみたいんだ」

夢を語るグレイグに他の子どもたちも関心を示す。

ドヴェルグ王国は険しい山に囲まれており、閉鎖的なのだそうだ。

同盟を結んだソーキサス帝国経由でしか他国に渡る方法がなく、そのソーキサス帝国とも十数年前まで戦争状態であったため、国民の他国への関心が薄いのも致し方ないことではあった。

グレイグはそんなドヴェルグの人々に色んな街の魅力を届けたいのだ。

「じゃあ、うちにもおいでよ！」

ウィルもグレイグたちがフィルファリアに来るのは大歓迎だ。

実際、ソーキサス帝国と同盟を結べればソーキサス帝国が間に立ってフィルファリア王国とドヴェルグ王国の交流が始まるはずだ。

「そうだね。いつか行きたいね」

「ねー」

興味を示してくれたグレイグにウィルが小躍りしながら喜びを表現する。

そんなウィルに感化されたグレイグやドワーフの子どもたちもウィルに合わせて踊り出した。

ドワーフは陽気な者が多く、子どもたちもウィル同様に嬉しくなってしまったのだ。

見守る者の笑いを誘いながら、ウィルはドヴェルク王国の子どもたちと気が済むまで踊り続けるのであった。

◆◆◆◆

「ウィル」

「みんなと広場で踊ったんだって？」

「あい」

「たのしかったー」

「でもな、広場でいきなりダンス大会しちゃうのは、父さん、どうかと思うんだー」

「みんなのりのりだったよー？」

ウィルとドワーフの子どもたちの踊りは街の者を巻き込んで歓喜歓迎の舞へと昇華したようだ。

ちょっとした騒ぎとなってシローの元へ報告されていた。

「どわーふさんともまちのひとたちともなかよしになれましたー」

ウィルは満面の笑みを浮かべている。よほど楽しい時間だったのだろう。

「それはよかったな」

「よかったー」

満足そうに報告を終えたウィルはセレナとニーナに連れられて部屋を出ていった。子どもたちは寝る時間である。

ウィルたちの背中を見送ったシローの背後でレンが小さく咳払いをした。

「ウィル様たちにあまり騒がないよう、申し伝えるはずだったのでは?」

「あー……」

向き直るシローが困った笑みを浮かべる。

子どもに注意を促すというのはなかなかに難しい。特に今回、ウィルたちは別に悪いことをしたわけではない。不測の事態に見舞われることが多かった旅路の中で大人たちが周囲を警戒しているために付け足された事項であった。

レンもそのことは十分に理解しているが、ウィルたちが心配で仕方ないのである。

尤もそれはシローやセシリアをはじめ、この場に集まったトルキス家の家臣たちの誰もが思うことだ。付き合いの長いレンだからシローにははっきり問えるだけだ。

「まぁまぁ……ウィルには明日にでも伝えておきましょう」

セシリアがやんわりとふたりの間に入る。

ドワーフの子どもたちや街の人たちと仲良くなれたことでウィルは興奮している。少し落ち着いてから話したほうがウィルも理解しやすいだろう。

労せず落ち着きを取り戻した室内にシローの控えめな咳払いが響いた。

メイド以外の家臣たちは外部に宿を用意されており、迎賓館に自由に出入りすることはできない。

シローが許可を得てまで家臣たちを集めたのは情報を共有しておきたかったからだ。

シローたちの報告により帝都の警戒感が増したとはいえ、シローたちが備えを疎《おろそ》かにしていい理由にはならない。有事の際はシローたちも迅速に動く必要がある。

「それじゃあ、報告してもらえるかな?」

「「はっ」」

促すシローに短く応えたのはラッツとマイナであった。ふたりには諜報活動を率先して行ってもらっている。

まずはラッツがゆっくりと語り始めた。

「帝国軍も警戒態勢の中、検閲に尽力しているようですが、いかんせん来訪者が多く目が行き届いているかは疑問を感じます。多くの者がシロー様の親善訪問の話を聞きつけて集まったようですが……」

「不審な者が紛れていても見分けをつけるのは難しい、か……」

「はい」

シローの推測にラッツが同意する。シローたちの親善訪問に沸き立つ来訪者に紛れて不審な者が帝都に潜伏する可能性は大いにある。木を隠すなら森の中、というわけだ。

顎に手を当てて思案していたシローが思いついた質問を口にする。

「帝国貴族の評判はどうです?」

あまり疑いたくないことだが、帝国貴族の誰かが不審者を匿《かくま》っている可能性もある。レティスで騒動を起こしたカルディ一派のような貴族が帝国にいないとも限らない。

しかし、ラッツは首を横に振った。

「住民たちの覚えは良いようです。アンデルシアの貴族は内乱時、現皇帝に協力した者たちで固められていますので……」

少なくとも住人の不評を買うような貴族は存在しない。

それはマイナが聞いた話とすり合わせても同様の意見だった。

「帝都内に潜伏していない可能性もあるにはありますが……」

そう告げるラッツも潜伏していない可能性は低いと判断しているのか、言葉に気は乗っていない。

それはシローも同意見であった。

今まで見つけた証拠から白いローブの集団が帝国内で何かを企てている可能性は高く、旧帝国軍の残党と接触していると考えると帝国の中枢である帝都で行動を起こさないのは考えづらい。帝都への訪問者が増えている今が警備の厳しい帝都に潜入する好機なのだ。

(それとも、他に目的があるのか……?)

シローが考えを巡らせるが、白いローブの集団についてはまだわかっていないことが多い。国盗りに手を貸したり、ウィルたちを襲撃したり、離れた土地に現れたりといくつかの活動を確認したが、その目的も未だ不明のままだ。

結局、今のシローたちにできることは何が起こっても対処できるように備えることだけだ。

「マイナさんは【夢心地《ゆめごこち》】から他に情報を得られましたか?」

ラッツが報告を終えて、シローがマイナを促すと彼女は姿勢を正してサイドテールを揺らした。

【夢心地】はシローの協力者であるハッチが営むキョウ国風茶店であり、アンデルシアにも支店を持つ。出資者であるシローの大事な情報源であり、その繋ぎを情報収集能力に長けたマイナに任せることも多かった。

「【夢心地】の店主の話によりますと、地方での賊の活動が活発化しているらしく……」

そのほとんどが居合わせた警備兵や冒険者のおかげで大事に至らなかったらしいが、中には被害を出してしまった村もあるようだ。

「証言の中には賊が魔獣を使役していた、というものが多く含まれているようでした」

白いローブの集団が用いていた魔獣召喚の筒が広く出回っている可能性がある、ということだろう。

「規模や詳細がわからず人員も確保できないため、多くの場所で討伐ができずに睨《にら》み合っている状態のようです」

「いくつかの場所は討伐できたのか……」

これにはシローも驚いた。十分な戦力があって、相手を調べた上で自分たちの被害が最小限になるように考慮し、討伐に踏み切るのが定石なのだ。

魔獣召喚を駆使する賊を退けるだけでなく、反撃して討ち取ってしまうなど簡単なことではない。

「私も気になって調べたのですが……」

同じように不思議に思ったマイナの調査により、その理由はすぐに知れた。

「どうやらテンランカーがひとり、動いていたようなのです」

テンランカー。言わずと知れた最強の冒険者。その十席に名を連ねた人物が魔獣召喚を駆使する賊をひとりで鎮圧してしまったのだ。それも数か所。

「冒険者ギルドにも問い合わせたので間違いないかと……」

本来であれば、テンランカーの所在など簡単に教えてもらえるものではないが、諜報活動をスムーズに行えるようにシローは自分の印をマイナたちに持たせている。それだけ彼女たちを信頼しているのだ。

「それで、誰が？」

「それが……【百歩千拳】のロン・セイエイ様でした」

「師匠が⁉」

シローの質問に答えたマイナの横でレンが驚きを露わにする。

テンランカー第五席【百歩千拳】。なかなか連絡が取れずにいた元【大空の渡り鳥】のメンバーでレンの拳闘士としての師匠でもある。

「ロンはソーキサス帝国にいたのか……？」

もしくはシローからの連絡を受け取り、移動していた最中なのかもしれないが——。

「ひょっとして旅先で偶然巻き込まれたのでは？」

「……有り得る」

何かと巻き込まれ体質であった仲間のことを思い出し、レンとシローが納得する。本当のところは本人に聞いてみるしかない。

「できれば連絡を取りたいが……」

そう思案するシローであったが、それはさほど難しいことでもなさそうだ。

「聞いた話によると任務報告のために帝都へ向かっているとか……おそらくですが帝都滞在中に渡り

はつけられるかと」

しっかりと調べていたマイナの報告を聞いてシローが頷く。

「ふたりとも、報告ありがとう」

シローはラッツとマイナを労うと、また少し思案する素振りを見せた。

（さて、どうしたものかな……）

白いローブの組織がソーキサス帝国内で広く暗躍しているのは間違いなさそうだ。しかし、その目的は不明。いつ、何のために行動を起こすかもわかってはいない。

親善訪問期間中に動きを見せない可能性も十分にある。

シローやレン、それに気づいているか定かではないがロンの存在もあると白いローブの組織が何を企てていようと目的の達成率は大幅に下がるはずだ。逆にシローたちがソーキサスを去った後であれば目的の達成率は上がるといえる。

そんな単純なことを、白いローブの組織が理解していないとは考えにくい。

すぐには動かないとしても、これだけ白いローブの組織の動きを捉えて見過ごすのはどうか。

（必要であれば自分だけでもソーキサスに留まって……）

そんなふうにシローが考えているとセシリアがシローの顔を覗き込んだ。

「シロー様。ひょっとして何かあったときのために自分だけ帝都に残ろう、とか考えていませんか？」

「うっ……」

あっさり見抜かれてシローの言葉が詰まる。

シローの反応を見て理解したセシリアの頬がぷくりと膨れた。

「やっぱり」

シローの性格からして自分や子どもたちを危険から遠ざけてシローだけ残る、なんて選択肢は妻のセシリアにはお見通しだったようだ。

「私たちの心配をしてくれるのは大変嬉しく思いますが、シロー様が危険を背負い込むというのはまた別の話です」

「はい……」

素直に謝ってしまうシローである。

シローも周りに心配をかけていることは自覚しているのだが。自分の強さも自覚していて危険に身を置いてでも問題を解決しようとする姿勢がなかなか抜けない。

そんな夫婦のやり取りも微笑ましいもので、トルキス家の家臣たちもつい笑みを浮かべてしまう。

「とりあえず、私たちで解決するのではなく、まずは皇帝陛下にしっかりとお伝えし、それから対策を練るのがよろしいかと思います」

「はい……」

セシリアの心配からの苦言も、それに素直に従うシローの姿も周りの目からはかわいいもので。

トルキス家の会議は程よい緊張感と和やかな雰囲気のまま終了する運びとなった。

翌日――。

ソーキサス城へと招かれたウィルたちはシャナルとその子どもたちに温かく迎え入れられた。

「ようこそ、皇室のプライベートルームへ。私は父レオンハルト皇帝と母シャナルの息子、ソーキサス帝国第一皇子ハインリッヒ。そして隣にいるのが妹のマリエルだ。トルキス家の子らよ、よろしくな」

年の頃はセレナより少し上か、体格の良いハインリッヒが丁寧に挨拶すると彼の隣にいたマリエルも優雅なお辞儀を披露した。

「よろしくお願いしますね」

ハインリッヒと比べると物腰柔らかな美少女がウィルたちにはにかんだ笑みを浮かべる。その表情は同性であるセレナもニーナも思わず見惚れてしまいそうになるものだ。

だが、そこはさすがというべきか。セレナはトルキス家の子どもたちの代表として完璧な挨拶を返してみせた。

「ご機嫌麗《うるわ》しゅうございます、ハインリッヒ皇子、マリエル皇女。本日はお招きありがとうございます。私は父シロー・ハヤマ・トルキス男爵と母セシリアの娘、セレナと申します。横に並ぶのは妹のニーナ、そして弟のウィルベルでございます。以後お見知りおきのほど、よろしくお願いいたします」

その堂々としたセレナの姿はシャナルをも感心させるものだった。

笑みを浮かべたシャナルが視線をセシリアに向ける。

「さすが、セシリアの娘ね」

「ありがとうございます、シャナル従姉様」

セシリアにとってもセレナの姿というのは誇らしいものだ。貴族としてのマナーなど、幼い頃はまるで教えてこなかったというのに。今ではどの貴族の前に出しても恥ずかしくない身のこなしであった。

しかし、さすがにニーナとウィルにはまだ無理がある。特にウィルなどは――。

「ニーナです。よろしくお願いします」

「…………」

「ウィル？」

はきはきと挨拶をするニーナの横で沈黙してしまったウィル。後に続かないウィルを不思議に思ったニーナがウィルに視線を向けると、ウィルはじっと一点を見つめたまま固まっていた。

子どもたちが不思議に思い、首を傾げる。

ウィルの視線はマリエルの胸元へ注がれているように見える。子どもとはいえ、あまりよいマナーとはいえない。

「どうかした？」

視線を向けられたマリエルが少し困った風にウィルに問いかけると、ウィルは時間が動き出したようにマリエルの顔を見上げた。

「まりえるおねーさま、なにかつけてるー？」

自分の胸を押さえて尋ねてくるウィルに最初はわからない顔をしたマリエルだったが気づくものがあって服の中から何かを取り出した。

それはチェーンを通された小さなプレートのようであった。

「これかしら？」

「そー、それー」

示されたネックレス上のものを見たセシリアとセレナが小さく声を零しそうになる。

服の上からプレートを見分ける芸当など、誰にもできない。だからウィルはおそらく魔力的な何かに反応したのだ。あまり深く追求しないほうがいい類いのものである。

「よく気づいたわね」

「えへー」

頭を撫でてくるマリエルにウィルが身を任せる。

「これは遺跡から発掘されたものなの。あまり価値はないそうだけど、綺麗だから首飾りにしてもらったのよ」

「それね——あっ！」

「きゃっ⁉」

首飾りについて説明してくるマリエルにウィルが答えようとしたとき、ウィルの体から緑光が瞬いて何かが飛び出してきた。

「あー、れびー！　かってにとびだして、もー」

いきなり飛び出たレヴィに会話が分断され、セシリアとセレナが胸中で安堵の息をつく。

レヴィはウィルを一度見上げてからマリエルの周りを歩き始めた。

と、同時にセレナとニーナからも光が溢れ出し、次々と幻獣が姿を見せ始める。

レヴィが飛び出したことで他の幻獣たちも姿を見せてもいいと判断したのかもしれない。

「幻獣がこんなにたくさん……」

「かわいい……」

次々と姿を見せる幻獣たちにハインリッヒとマリエルが目を輝かせる。

レヴィはマリエルの周りを歩くのに満足したのか、ウィルの前に座ってウィルの顔を見上げてきた。

その表情はどこか自分の出番だ、と言いたげでもある。

「はい！」

「わぁ、ありがとう！」

ウィルがレヴィを抱き上げてマリエルに渡すとレヴィはマリエルの腕の中にすっぽりと納まった。

レヴィもウィルたちの仲を取り持つ役に立っていると理解しているのか、大人しいものである。

幻獣たちを代わる代わる抱きすくめるマリエルを見守っていたハインリッヒが感嘆の息をついた。

「トルキス家の子どもたちが優秀な魔法の使い手であることは聞いていたけど、これはすごいね」

普通なら一体の幻獣と契約を交わしているだけでも一目置かれる。それがセレナとニーナに至っては二体である。

幼い幻獣ではあるが、それ自体を見たこともないハインリッヒが感心するのも当然のことであった。

「魔法が少し苦手なハインリッヒには刺激が強すぎたかしら」

「お母様……」

同じように驚いていたシャナルが気を取り直して悪戯っぽく付け加える。その言葉にハインリッヒが思わず苦笑いを浮かべた。

そんな母子のやり取りを不思議そうに見上げたウィルがこくんと首を傾げる。

「はいんにーさまはまほーがにがてー？」

「そうだね。上手くできているかもよくわからないし……」

苦笑しながらウィルの頭を撫でるハインリッヒ。

目に見えない魔力の良し悪しなど大人でも判断が難しく、ハインリッヒが苦手と感じてしまっていても不思議はない。むしろ、そんな人間は多いのだ。

しかし——

「ほうほう……」

ウィルはそんなハインリッヒを見て大仰《おおぎょう》に頷いた。わざとらしく考えるふりなどをして顎に手を当てている。

トルキス家においてはウィルの次の言葉は容易に想像ができた。

「だったらうぃるがまほーおしえてあげるね！」

自信満々に言い放つウィル。

シャナルもハインリッヒもウィルが魔法の天才であると噂で聞いている。だからウィルの発言がただの戯言《ざれごと》ではないことはすぐに理解できた。

しかし、魔法の技術というのは簡単に教え広めるものではない。それはフィルファリア王国もソーキサス帝国も同じだ。

ゆえに、ウィルが魔法を教えていいかどうかは分別のあるトルキス家の大人に委ねられることになる。

自然と、視線はセシリアへと集まった。

困ったように表情を和らげるセシリアだったが、声は別のほうから響いた。

「いいんじゃないかな？」

「とーさま！」

全員が声のほうに向き直るとそこにはシローと年若い男の姿があった。

「陛下」

シャナルが前に出て男を迎え入れ、セシリアたちがそれに倣うように男に頭を下げる。

シローとともに現れた男こそ現ソーキサス帝国皇帝レオンハルト・シューゼ・ソーキサスその人であった。

「会議、早く終わられたのですね」

「ええ。事前に受けていた報告のすり合わせだけで済みましたから」

労いの言葉をかけるシャナルにレオンハルトが微笑みかける。その表情は素から優しげであるためか、あまり威圧感を感じられない。

元々、その人柄と人脈を以《もっ》て内乱を勝利に導いた立役者なのである。カリスマ性はあるものの、威厳威圧の類とはあまり縁がないのかもしれない。

そんな人の良さそうな皇帝を見上げるウィルの頭をシローが優しく撫でる。

「皇子さまに魔法を教えてあげるんだって？」

「そーだよー。そしたらたくさんなかよくなってどーめーできるでしょー？」

ウィルの口から同盟の話が出てきてレオンハルトとシャナルは普通に驚いた。ウィルはウィルなりに考えが合っての申し出だったようだ。

シローもそんなウィルの考えに賛同するように頷く。

「わかった。そうなるように父さんもお願いしてみるよ」

「ほんとー？」

「でも、すぐにとはいかないよ？　今日はお話しするためにお呼ばれしたんだから」

「そんなー」

釘を刺すシローにウィルが眉根を寄せる。どうやらウィルはハインリッヒに魔法を教えつつ自分も魔法が使いたいらしい。

「ほんのちょっとー。しょーへきだけでもー」

「どうか、私からもお願いしたい」

徐々に我儘《わがまま》を言い始めたウィルと同意を求めるハインリッヒにシローが困った表情を浮かべる。

シローもウィルが間違ったことをハインリッヒに教えるとは思わないが、何をどのように教えたのかは大人がしっかりと監修する必要があった。しかし、それではプライベートルームにまで招かれた意味を失ってしまう。シローやセシリアが付き添うわけにはいかなかった。それはレオンハルトもシャナルも同じだ。

一方、ハインリッヒとウィルは障壁の練習に乗り気であった。

「シロー」

困るシローの前に魔刀から姿を見せた一片が声をかける。

「一片？」

「ウィルは儂《わし》が見ておく。主《ぬし》らの話に儂は不要だろう？」

更なる幻獣が現れてマリエルなどはさらに目を輝かせていたが。

一片の積極的な助け舟にシローは安堵の表情を浮かべた。一片にならウィルの監督を任せられる。

「たのむよ、一片」

シローの許可を得て一片がひとつ頷く。

一片が顔を上げるとレオンハルトが最上位の礼をもって一片に応えた。

「幻獣さま、どうか我が息子のこと、よろしくお願いいたします」

「うむ」

一片は短く応えるとウィルとハインリッヒを連れて、部屋の隅に移動していった。

そんな息子たちの背中を見送ってからレオンハルトが小さく笑みを浮かべる。

「申し訳ない、シロー殿」

「いえ、陛下。最初に我が儘を言い出したのはうちの子のほうですから」

それが他者から教わる機会が限られている魔法の技術であっても。謝るべきは自分たちのほうだとシローは思っていた。

しかし、レオンハルトとシャナルには思うところがあるようだ。

「内々には、このようになることを望んでいたのです」

シャナルがシローに向き直る。その表情は皇妃のものでもあり、また母のものでもあった。

「あの子の剣術の才覚は私たちから見てもなかなかのものです」

その腕が発揮される機会があるかどうかはともかく、ハインリッヒは剣の修行に邁進《まいしん》していた。その姿は生き生きとしており、見守る者たちも微笑ましく思っていた。

しかし、魔法の修行は簡単にはいかなかった。

思うように成果は表れず、次第に剣と魔法の技術の差が乖離《かいり》していく。

強くなるためには魔力の扱いは切っても切り離せず、そのせいで同い年の貴族に後れを取ることもしばしば。

自然とハインリッヒの表情は曇ることが多くなっていた。

ハインリッヒは壁に突き当たっているのである。

「ソーキサスにも優れた魔法の使い手は現れはじめていますが、それでもフィルファリアには及びません」

シャナルもフィルファリア出身とはいえハインリッヒに指導できるほどの腕前があるわけではない。

そんな時、ウィルの噂を耳にしたのである。

フィルファリアでの魔法の第一人者オルフェスの娘であり、自身も優秀な治癒術師であるセシリア。

その息子のウィルベルが幼いながらも市井《しせい》の民や冒険者を回復魔法で癒やして話題になっていると。

折しもソーキサス帝国ではフィルファリア王国との同盟を望む機運が高まっており、先駆けて交友を深めてはと声も上がっていた。

フィルファリア王家に連なるトルキス家をソーキサス帝国に招待することはシャナルたちにとって渡りに船だったのである。

「同盟のこともちろんあります。でもそれと同じようにハインリッヒも何か得られればと」

優秀な魔法使いの一族でもあるトルキス家と触れ合うことでハインリッヒにも学べることがあるかもしれない。

シャナルたちはそんな期待を込めて招待する貴族にトルキス家を指名したのであった。

「なるほど……」

シャナルの説明を聞いたシローはひとつ頷いた。

子を想う親の気持ちはシローも理解できる。それは隣にいるセシリアもそうだろう。

シローもセシリアも協力できることがあれば力になりたい。

しかし、ふたりは自分たちの思いが杞憂に終わるだろうと理解していた。なにせ、ウィルがいるのだ。

魔力の流れを目で見て見識を得るウィルであれば、おそらくハインリッヒの悩みも解決するはずだ。

未だ舌足らずなところもあるが、一片も付き添っているので問題ない。

当然そのことは話を聞いていたセレナもニーナも知るところであり、

「だったら大丈夫です、シャナル様！」

自信満々に胸を張って見上げてくるニーナにレオンハルトとシャナルは不思議そうな顔をした。

ニーナが微塵も揺らがず笑顔で告げる。

「ウィルは魔法の天才だもの！　ハインお兄様もきっと笑顔になるわ」

その表情は弟のウィルを信じ切っていて。

皇帝と皇妃相手に臆さず弟愛を炸裂《さくれつ》させるニーナの姿にレオンハルトもシャナルも笑みを深くしてしまうのであった。

◆◆◆

「どうかな……？」

「ふむふむー……」

一度障壁を張るところを見せてほしいとウィルが言うので。

ハインリッヒはウィルの前で障壁を展開してみせた。

いつもどおりの弱々しい障壁を見てハインリッヒが落胆してしまう。

目の前の小さな男の子は異国に名が知れ渡るほどの魔法の天才児だ。障壁のような基礎魔法は当然使いこなせるだろう。

自分のほうがずっと年上ということもあってハインリッヒは恥ずかしい気持ちでいっぱいであった。

一方、ウィルはというと真剣そのもの。ハインリッヒの魔法の問題点にもすぐに気がついた。

（まりょくのながしかたがへん……）

（そうね……）

ウィルが胸中で呟くと土の精霊シャークティが同意する。

ハインリッヒは魔力を練るのも魔法のイメージも特に問題はない。しかしイメージに魔力を流す段階になって妙な魔力の流れが発生していた。

（からだのなかをながれてたまりょくがきゅうにかたくなってる……）

（力んでるようにも見えるわね）

今度は風の精霊であるアジャンタが助け舟を出してくれた。

精霊たちもウィルと同じように魔力を見ており、まだまだ語彙《ごい》力に乏しいウィルの手助けをしてくれている。

（だからこんなながしかたになっちゃうのかー）

（はやくつよく、って思えば思うほど、こんなふうになってしまうのかも……）

（ふむふむ……）

樹の精霊クローディアの補足に頷くウィル。

そんなウィルの様子を不安に思ったハインリッヒが視線を一片に向けると、視線に気づいた一片がハインリッヒを見上げた。

「案ずることはない」

見抜かれて緊張してしまうハインリッヒに一片が小さく笑みを浮かべる。

「ウィルに魔法を見てもらうことは宮廷における一流魔法使いに魔法を見てもらうことよりも有意義なことだ」

「それはどういう……」

普通に考えれば、いかに魔法が達者とはいえ子どものウィルが一流魔法使いを上回るとは到底思えない。幻獣にそう言わせるだけの何かがウィルにはあるということだ。

その何かに関してハインリッヒの考えが及ぶところではなかったが。

「いずれわかる……」

一片はそれだけ答えると視線をウィルに戻した。一片の口からウィルの秘密が語られることはない。答えを得られないと理解したハインリッヒも視線をウィルへと戻す。何も言われずとも一片の考えに理解を示せるハインリッヒもなかなかに利発な少年であった。

「うーん……」

黙して考え込んでいたウィルが小さく唸《うな》って人差し指を小さく振る。するとウィルの前に障壁が展開された。

「うーん、うーん……」

なおも唸るウィル。リズムを取るように指を振り、まるで見えない壁を叩くようなそぶりを見せるとそれに合わせてひとつふたつと新たな障壁が生まれていく。強く弱く、魔力の流し方にも変化をつけながら、ウィルはハインリッヒの問題点の確認を行っていた。

見る見るうちに数を増やしていくウィルの障壁にハインリッヒが息を飲む。それは離れて見ていたレオンハルトたちも同様だ。

ウィルの障壁に目を奪われて、誰もが言葉を失っていた。

するとウィルは唐突に手を止め、自身の周りに張り巡らせていた障壁を全て消してしまった。

納得したようにこくこく頷くウィル。

黙って見守っていた一片が口を開いた。

「何かわかったか、ウィル？」

「わかりましたー」

ウィルは笑顔でそう答えると視線をハインリッヒに向けた。

まだ驚きから立ち直れていないハインリッヒにウィルがはっきりと告げる。

「はいんにーさまはまりょくをそとからながしてます」

「外から……？」

「そー！」

ウィルがまたこくこく頷いて、身振り手振りを加えて説明し始めた。

「まりょくはからだのなかをながれてるの。だからなかからそとにひろげるほうがながしやすいの」

要するにイメージした魔法の中心から外へ魔力を流したほうが効率的で魔力も込めやすくなる、ということらしい。しかし――。

「でも、はいんにーさまはまりょくをこめるときにちからがはいっちゃってまりょくがそとからながれちゃってるの」

ハインリッヒは魔力を流すときに力んでしまっていて、その影響でイメージした魔法の外側から中心に向かって魔力を流してしまっていた。そうなると非効率的で魔力を込めにくい。ハインリッヒの魔法が弱くなってしまうのはそれが原因であった。

「はやくしなきゃ、とか、つよくしなきゃ、とかおもったり――」

クローディアに教えてもらったとおり丁寧に伝えようとして、ウィルはふと思いついたことを口にした。

「あと、まりょくぎれをおこしたことがあったりとか……」

「えっ……？」

室内に沈黙が広がる。ソーキサス家の面々が驚いたように顔を見合わせた。

あったのだ。ハインリッヒが魔法を発動するときに力んでしまう理由が。

「あの……よろしいでしょうか？」

ウィルたちに声をかけたのは部屋の脇に控えていた年配の執事であった。

ウィルが笑顔で執事を招き入れる。

「どーぞー」

「実はハインリッヒ皇子は幼い頃に一度魔力切れを体験なされておりまして……」

幼い頃、ハインリッヒは両親の喜ぶ顔見たさに魔法の習練に没頭し、魔力切れを起こして倒れてしまったのだそうだ。当然、皇帝や皇妃は倒れたハインリッヒのことを心配し、それを悔いたハインリッヒはしばらく魔法を遠ざけ、剣術の習練に傾倒するようになった。

怪我の功名というか、ハインリッヒには剣術の才覚があり、その実力を伸ばしていくことでまた両親を笑顔にしていったという。年頃になり、魔法の能力が剣術に影響するまでは。

「確かに……そんなこともあったね」

ハインリッヒ自身、魔力切れのことなどウィルの発言を聞くまで完全に忘れていた。まさか、その経験が自分の魔法に影響を及ぼしているとは。

「ウィルはよく気がついたな」

黙って聞いていた一片がウィルを労うとウィルは照れ笑いを浮かべて頭を掻いた。

「うぃるもそうだったからー」

何度も魔力切れを起こしているウィルも力んでしまうという経験があったようだ。しかしウィルには魔力を目で見るという特殊な能力があったため、自身で修正し、大した問題にならなかった。

魔力切れを起こした人間が必ず不調になるわけではないが、ハインリッヒは魔法を一時遠ざけており、その間に接近戦闘の技術が開花した。急激な成長により魔法技術と戦闘技術のバランスを崩したことが不調の原因に繋がったのかもしれない。

「また、ちゃんと魔法を使えるようになるかな……?」

不調の理由も原因もわかり、ハインリッヒにも微かな希望が芽生えたようだ。

手元に落とした視線の先で笑顔のウィルが見上げていた。

「だいじょーぶ！　うぃるがおしえてあげる！」

胸を張ってウィルが答える。魔法に関していえば、ウィルほど頼りになる存在はそうそういないのだ。

「まずはゆっくりでいいからー」

イメージした魔法の中心から外側へ魔力を流して障壁を張ること。

ウィルと一片の監修の下、深呼吸したハインリッヒはゆっくりと障壁を張る練習を始めた。


その日の夜――。

夜の見回りをしていた老齢の執事はハインリッヒの部屋の前で足を止めた。

ドアの隙間からは微かに明かりが漏れており、ハインリッヒがまだ起きているのだとわかる。

時間としてはそろそろ就寝の時刻であり、執事は義務からハインリッヒの部屋の扉を叩いた。

中から返事を待ち、執事が部屋の中へ入る。

「ハイン皇子、まだ起きていられたのですか？」

部屋の中央に立ち、目の前に集中していたハインリッヒが顔を上げて照れ笑いを浮かべた。彼の前には魔法の障壁が浮かんでいる。今まで苦心していた弱々しい障壁ではなく、執事の目から見てもわかるほど力強い障壁だ。

障壁は室内で簡単に練習ができる。どうやらこっそり修練に励んでいたらしい。

「ウィルくんはすごいね……ウィルくんのアドバイスを意識するだけで魔法の強さが全然違うよ」

ハインリッヒも自分の作り出した障壁に満足しているようで目を輝かせている。

（こんな表情をするハイン皇子は何時ぶりくらいだろうか……？）

ここ最近の暗いハインリッヒを知っているだけに老執事の胸のつかえも取れる思いであった。

「ほんとうに不思議なお子様ですな」

「そうだね」

笑みを浮かべる老執事にハインリッヒが頷いて返す。

ハインリッヒの様子を見ればウィルに感謝しているのは容易にわかる。そしてハインリッヒに笑顔を取り戻してくれたウィルに老執事も同じように感謝していた。自分だけではなくレオンハルト皇帝もシャナル皇妃も、きっと。

しかし、それはそれ。老執事は自分の役目からハインリッヒを気遣わねばならなかった。

「ハイン皇子、あまり夢中になられてまた魔力切れを起こされると爺《じい》は肝を冷やしますぞ?」

「大丈夫だよ、もう少しだけ」

ハインリッヒが自分の手に視線を落として自身の疲労度を推し量る。

「ウィルくんが言ってたんだ。今まで上手くいってなかった魔法もちゃんと僕の魔力量を鍛える効果はあった、って」

試行錯誤を繰り返しながら魔法の鍛錬を続けたことは無駄ではなかったのだ。その言葉だけでもハインリッヒがどれほど嬉しかったことか。有力な幻獣である風の一片も魔法を習得する土台はできていると太鼓判を押してくれた。

「だから、もう少し……」

せがむハインリッヒに老執事は困ったような笑みを浮かべて息を吐いた。今のハインリッヒはまるで幼い子どもに戻ったようだ。懸命に魔法の修練を繰り返していた幼い頃と姿が被る。

「わかりました、ハイン皇子。しかし、あまり夜更かしが過ぎると明日に差し支えますぞ？」

「わかってるよ。もう少しだけ修練したら寝るから……爺もおやすみ」

「かしこまりました。おやすみなさい、ハイン皇子」

障壁の修練に戻ってしまったハインリッヒに一礼をし、老執事は部屋を出た。

静かに扉を閉め、しばらく扉の前で立ち止まる。

まるで楽しみを邪魔して追い出されたような気分になって思わず笑みが零れた。同時に明るさを取り戻したハインリッヒの姿を思い返して感極まる。

（……年を取ると涙もろくなっていかんな）

ハインリッヒの心からの笑顔を我がことのように喜んだ老執事は目立たぬ仕草で目元を拭うと夜の見回りを再開するのであった。

◆

街も寝静まった夜の中、シローは貸し与えられた執務室の椅子に体を預けていた。

「まだ眠らんのか？」

そう問いかけてきたのは脇に立てかけた魔刀から顕現した幻獣である風の一片だ。魔刀の鞘に住み着いた風の精霊アローも宙を漂いながらシローを見下ろしている。

シローは悩ましげに息を吐き、無造作に髪をかき上げた。

シローが何を悩んでいるのか、一片は理解している。急《せ》くのが酷なことだということも。しかし、悩んでも仕方のないことだということも理解していた。

「ここはフィルファリアではない。そしてお主はもうフィルファリアの貴族の一員だ。他国の面子《めんつ》は立てねばならぬ」

「わかっているさ……」

式典の警護は当然ソーキサス帝国が担い、他国の貴族であるシローが口出しすることではない。冒険者の頃のシローであればテンランカーとしての口利きもでき、自由に動けただろうが。今となっては貴族として進言するまでで勝手に行動することはできなかった。

だが、式典が近づくにつれ、シローの中で襲撃の予感は高まっていく。強者としての勘が無事には済まないと警鐘《けいしょう》を鳴らしているのだ。

「大事を取って奥方や子どもたちは迎賓館で交友を育む手筈になったのだろう? あとは我々が皇帝を守ればよい。何の問題がある?」

「……フィルファリアのときはこちらの仕掛けに対する強硬手段だった。だが、今回はそうじゃない。相手も万全を期して動いてくる」

行動を起こすということは勝算があるということ。

相手の目的が何であれ、街に出る被害は相当なものだろう。手抜かりを期待するのも虫がよすぎる。

当然、一片も街や国民に被害が出ることを受け入れているわけではなかった。

「ならばレンたちに遊撃してもらう外《ほか》ないな。奥方たちの護衛はメイドたちに任せきりになるが……」

迎賓館の護衛にフィルファリアの男手を加えることはできない。レンが抜ければ自然とメイドたちの負担は増えてしまう。

「参加する家臣を選別したのが裏目に出たなぁ……」

「それはしょうがないことだ」

これほどの大事になるなどフィルファリアを出立するときに予測するのは難しい。トマソンやジョン、カルツの手を借りるのはやはり無理があった。

「明日に障る。いい加減、寝ろ」

悩み続けて良案が浮かぶ類いの問題でもなく。

結局シローは一片に後押しされて執務室を出た。

静かな廊下に淡い月明かりが差し込む。寝室に向かうその足が何かに気づいてピタリと止まった。

「ウィル……？」

先に寝たはずのウィルとレンが廊下に立っており、シローが不思議そうな顔をする。

シローの呟きが耳に届いてウィルとレンはシローに向き直った。

「どうかしたか？」

シローの問いにレンが視線をウィルへと移す。ウィルの表情からは眠気を感じられず、肩を落としているように見える。

「それが……ウィル様が眠れないようで」

「めずらしいな……」

レンの答えに今度はシローが軽く唸った。ウィルの寝つきはいいほうで、あまりメイドたちの手を煩《わずら》わせたことはない。

シローは膝を折って目線をウィルに合わせるとウィルの頭を撫でた。

「どうした、ウィル？」

「あのねー」

ウィルが少し困った様子で言葉を選び、そして答える。

「ちょっとさびしくなりましたー」

「寂しく？」

「ちょっとー」

ウィルたちが旅を始めてから時間が経つ。シローもレンも家が恋しくなったのか、と推測したがどうやら違うようだ。

「くろののこと、おもいだしてー」

ウィルの言うクロノとは時の精霊のことだ。ウィルは一度、精霊魔法研究所で魔力切れを起こした際に夢の中でクロノと会ったという。その後、ウィルは微弱ながらも時属性の魔法を使えるようになっている。

だが、それ以来ウィルがクロノへの想いを語ることはなかった。心の内にはあったのかもしれないが口に出したのは初めてである。

　どうしたものかと迷うレンの横でシローは笑みを浮かべるとウィルの手を取った。時属性の話は月属性と同じく伝説的な力だ。あまり人に聞かれていいものではない。

「ウィル、ちょっと月明かりを浴びに行こうか。とってもきれいだぞ」

　バルコニーまで出れば人の耳に入ることもない。

　シローの提案にウィルはこくんと頷いた。

「とーさま、ろまんちっく」

　そんな風に評価するウィルに苦笑いを浮かべたシローはレンも伴ってバルコニーに場所を移した。

　シローのことをとやかく言っていたウィルであるがバルコニーに出ると思わず目を輝かせた。バルコニーから臨む夜の街は昼間とは違って静まり返り、街灯に照らされて淡く輝いている。夜空には月とちりばめられた星々が輝き、ウィルの目を楽しませた。

「おおー！」

「ウィル、しー」

　思わず声を上げるウィルにシローが人差し指を唇に当てる。さすがに大きな声を出していい時間ではなく、理解したウィルが慌てて口を押さえた。

「それで、ウィル。どうしてクロノ様のことを思い出しちゃったんだ？」

　思い出すにしても唐突すぎる。何かわけがありそうだが。

　そう思ってシローが問いかけるとウィルは少し迷ってから告げた。

「えっとね、まりえるねーさまがねっくれすつけてたのー」

シローもレンもウィルがうっかり魔力の反応を見てマリエルの身に着けていたネックレスを見つけてしまったと報告を受けていた。飛び出したレヴィに気を取られていなければウィルが魔力を目で見て判断できることが早々にばれていたかもしれない。

そんなウィルだがネックレスについて言及してしまったのにはウィルなりの訳があった。

「まりえるねーさまのねっくれす、こだいいせきとおんなじだったのー」

つまり、ネックレスに流れる魔力は時属性の魔力であったのだ。そしてそれを見たウィルはクロノのことを思い出してしまった、と。

ウィルの話を聞いたシローは小さく唸って考えを巡らせた。

実のところ、古代遺跡というのはいろんな国に点在しており、ソーキサス帝国で古代遺跡の出土品が出回っていてもおかしな話ではない。だが、その価値はどの国においても希少であり、魔道具でなくとも研究の対象とされている。一国の皇女であっても身に着けているのはおかしな話だ。ソーキサス帝国が古代遺跡の出土品と認識していない可能性もある。

「ウィル、ネックレスは魔道具だったわけじゃないよな？」

「それならうぃるがとめてるー」

少なくともウィルの目からもネックレスは危険な代物ではないと判断していたらしい。

「うぃるがさわればわかるかもしれないけどー……」

そう自信なさげに呟《つぶや》いたウィルがレンを見上げる。以前、古代遺跡の魔力に触れたウィルは魔力切れを起こしており、それを目の前で見ていたレンの反応は火を見るより明らかであった。

「だめですよ、ウィル様。クロノ様にも怒られたと申していたではありませんか」

「だよねー」

ウィルも重々承知の上で、もしウィルが好奇心に駆られたとしてもウィルと契約をしたアジャンタたちが反対したはずだ。

「うぃる、がまんしたよー？」

「えらい、えらい」

堪えてみせたウィルをシローが素直に褒め称える。

おそらく我慢したからこそ、余計にクロノが恋しくなったのだろう。

「ネックレスの件は父さんがそれとなく皇帝に伝えておくよ」

皇帝は式典を無事に終えるために注力しており、すぐに報告することはできないが式典が終われば時間も取れる。

「わかったー」

シローが提案するとウィルは快く頷いてくれた。少しはウィルの気も晴れたようだ。

「ウィル。なにか気づいたことがあったらまた父さんに教えてくれな」

「りょーかい！」

シローに頼られたと理解したウィルは思わず声を上げ、また慌てて口を手で塞ぐのであった。

第二章

式典襲撃

episode.02

will sama ha
kyou mo mahou de
asondeimasu.

式典当日――。

「ウィル様。本日、私は一緒にいてあげられませんがみんなの言うことをよく聞いてお利口さんにしていてくださいね？」

「えー？」

「えー、ではありません」

ウィルの着替えを手伝いながら今日の予定を告げるレンであったがウィルからは不満げな反応が返ってくる。

「ウィル様には帝国貴族の子どもたちやドヴェルグ王国の子どもたちと仲良くなるためにお行儀良くしていただかないと……」

「そーではなくー」

丁寧に言い含めるレンにウィルがフルフルと首を振った。ウィルは大人しくしていることに不満があるわけではないらしい。

「れん、いっしょにいてくれないのー？」

ウィルはレンがそばにいないことが不満なのだ。物怖《お》じすることの少ないウィルではあるが、やはりレンがいるほうが心強いらしい。

ウィルの反応の理由が知れてレンの表情が優しさで微かに緩む。だが、今日のレンはウィルの傍についていてやることはできない。

結局、潜んでいると思われる反乱分子に動きはなく、その目的もわからぬまま式典の日となった。

そして式は予定どおり城外の広場で行われることになった。

皇帝の身の安全を考えれば式を城内で執り行うことも当然考えられたが、そうなれば真っ先に狙われるのは街の人々である。城を固めていれば当然初動は遅れ、被害は増す。それは心優しい現皇帝の望むところではなかった。

現皇帝は民を想う優しさに加え、若く勇敢である。自らが姿を現し、その身を囮《おとり》に広く兵を配置しようと考えたのだ。国民の命が第一である、と。

結果、式典に参加するシローは皇帝の護衛。街の警護はレンやトルキス家の家臣たちが手助けすることになった。貴族の奥方や子どもたちは交友を育むという名目で城内の迎賓館に身を寄せ、城に配した兵に護衛されることになる。

「申し訳ございません、ウィル様。私は街を見て回らなければいけませんので……」

「あそびに？」

「違います」

頬を膨らませるウィルにテンポよくツッコミを入れて、レンがウィルの頭を撫でる。

「街の人々を警護するためです」

正直、どこも危険になるのであればレンはセシリアやウィルたちの傍にいたいのだが、かといって王都レティスの惨劇の二の舞を見過ごすわけにはいかない。ウィルたちの傍にはエリスたちも控えているのでよほどのことがない限りは守る手も足りるはずだ。

そしてなにより子どもたちを戦闘から遠ざけたいという大人たちの思惑もあった。反乱分子に動きがあったとしても迅速に対処できればウィルたちに及ぶ危険も少なくなるのだ。

「けーご……？」

言葉の意味を思い出すように反芻《はんすう》したウィルが思い至って凛々しい顔になった。続けて出てくる言葉はトルキス家の者ならば予想できる。

「うぃるもてつだおっかー？」

ウィルは有事の際に自分の力が役立つことを知っている。幼くても力の確証を得られる出来事には何度も遭遇しているのだ。それが良いことなのか悪いことなのかはわからないが。

しかし、それは力だけの問題であり、経験を迅速な判断に結びつけられるかと言えば疑問だ。ウィルはまだ幼子なのだ。いくら精霊たちの力が借りられるといっても警護に駆り出すような真似が正しいはずがない。

だからレンは首を横に振った。

「いいえ、ウィル様。ウィル様にはハインリッヒ様やマリエル様、それに貴族の子どもたちと仲良くなってもらわなければ困ります」

ウィルも皆と仲良くなるのを楽しみにしていた。だが、街の人を守るために出かけるレンのことも理解している。ウィルの中で交友と警護が天秤にかけられているに違いない。

ウィルは優しいからレティスの魔獣騒動と同じことが起きるかもしれないと知れば無理やり街に出ようとするかもしれない。

だからレンはウィルが思い留まるように付け加えた。

「それに、ウィル様まで街に出られては城の守りが手薄になります。ウィル様にはもしもの時のために精霊様たちと城にいる者たちを守ってもらわなければなりません」

そうなる可能性は低いとはいえ、こう言っておけばウィルは城内に留まるだろう。城にいる者たちを守ることも大事な役目なのだ。

「……わかったー」

少し迷った末、ウィルは了承した。強くとも、ウィルのこういう子どもらしく聞き分けてくれる部分があることはレンにとってても助かるところだ。

「でも、まちのひとたちもとってもしんぱいー」

レンを見上げてくるウィルは城に残るからといって街の人々を心配してない訳じゃないんだ、と言いたいらしい。

しかしそれは見当違いな罪悪感というものだろう。

ウィルの心を見透かしたレンが目を細めてウィルの髪を撫でつけた。

「わかっておりますよ、ウィル様。だから私が赴くのです。ウィル様が心配しなくても大丈夫なように」

「おまかせします」

納得したように頷くウィル。

ウィルの理解を得られたレンは優しい手つきでウィルの身だしなみを整えていくのであった。

「両国の代表には申し訳なく思っている」

式典の行われる舞台の袖。そう告げるレオンハルトにシローとドワーフのオリヴェノは苦笑してしまった。周りにいるソーキサス帝国の貴族たちはレオンハルトの腰の低さを理解しているのか涼しいものだ。

「陛下、あまり他国の貴族に頭を下げてくださいますな」

「わかってはいるが危険な決断であることに変わりはない」

年配の重臣に苦言を呈されてもレオンハルトの態度は変わらない。レオンハルトとしては囮に巻き込んだシローとオリヴェノの身を案じるのは当然のことだ。

シローよりも現状に慣れているオリヴェノが人の良い笑みを浮かべて間に入った。

「私もシロー殿も陛下の民の思う心は重々理解しております。その手助けになるのなら囮も望むところです。それに護衛してくださるのはソーキサスの騎士たちと救国の英雄と謳われたシロー殿です。これほど心強い護衛もない」

襲撃の危険があるのなら第一に国民を守りたい。そう言い出したのはレオンハルトであり、帝国貴族の中にはレオンハルトの身を案じる意見も多かった。しかしシローもオリヴェノもレオンハルトの意志を尊重したのだ。

オリヴェノに見上げられて笑みを返したシローもレオンハルトに礼を示す。

「必ずここにいる皆様も国民も守ってみせます、陛下」

「ありがとう」

レオンハルトが改めて礼を言う。

何も起きなければそれでいい。だが、起きれば。広く警備に出た騎士団で国民を守り切る。

レオンハルトの瞳には強い意志が宿っていた。

「陛下、もう間もなく広場は群衆で埋まります」

「検閲は抜かりないな？」

「はっ」

警備を担当する騎士団長が姿勢を正す。

式典を一目見ようと集まった国民たちは警備の騎士により手荷物を検査され、不審な人間が紛れ込まないように徹底されている。中には入り切れない人もいて遠巻きに眺めたり、魔道具で中継された映像を各属性の精堂で見物する人もいた。

（狙いが国家転覆であればこれほどわかりやすい囮はないが、はたして……）

シローが胸中で呟きながら集中力を高めていく。

式典は、もう間もなく。開幕すればそれは合図となって遅かれ早かれ戦闘が始まるとシローは確信している。

「時間です」

連絡係の声を聞いてシローが顔を上げる。

護衛の騎士を先頭にシローたちは壇上へと進み始めた。

式典に合わせて帝都内が警戒態勢に移行する。

帝都全域に大軍を配することはできず、式典の広場を守る騎士団以外は小隊単位での巡回が基本となる。そこに警備の依頼を受けた冒険者が加わり、騎士と冒険者のマッチアップで体制を強化した。

行き交う人々が注意を喚起する騎士と冒険者の組み合わせを物珍しそうに振り返る。

◆

「はかどってるか、ガーネット？」

「どうだかね」

トルキス家の護衛を共にした部隊長に声をかけられたガーネットが小さく肩を竦めてみせた。

「みんな暢気《のんき》なものだよ」

街にはまだ何の異変もなく、住人たちの反応も当然と言える。

注意を呼びかけるガーネットでさえ本当に襲撃が起きるのか半信半疑なのだ。

そんな胸中を察してか、部隊長も少し困った笑みを浮かべた。

「しっかり頼むぞ？」

「当然。そういう依頼だからね」

受けた依頼はしっかりとこなす。冒険者はそうやって信頼を積み重ねていくのである。

笑みを返すガーネットに部隊長も安心したようだ。それ以上とやかくは言ってこなかった。

「しっかし、本当に襲ってくるのかねぇ……」

ガーネットの疑問が口を突いて出るくらいにはのどかな風景である。

シローが襲撃を警戒しているという話を聞いてはいるが、ガーネットにはその予兆を感じ取ることはできない。元よりそんな特別な勘が働いたこともないのだが。

「シロー殿には感じ取れる何かがあるのだろうな……」

部隊長もガーネットと同じで何かを感じ取れるわけではない。しかし、国を守るという仕事にやりがいを感じている部隊長だからわかることもあった。

「トルキス家の方々はフィルファリアの王都で起こったといわれている魔獣騒動を目の当たりにしている。そんなシロー様たちが襲撃の可能性を感じ取れば過敏にもなるだろう」

部隊長も報告書で王都レティィスの惨状を知る者だ。その内容はとても許せるものではなかった。それが自国でも起ころうとしているのであれば全力で阻止しなければならない。

きっとシローたちも二度とそんな悲劇が起こらないようにと心を砕いているに違いなかった。

(それがソーキサス帝国にとってどれだけありがたいことか)

だから皇帝もシローの意見を尊重し、表立って国民の安全を守ろうとしているのだろう。

当然自分もそうあるべきだと部隊長も思っている。

今、ふたりで眺めるこの景色に何かあってからでは遅いのだ。

「あの……」

遠くを見つめていたガーネットと部隊長の足元で声が響いてふたりが視線を下げる。

「おや、お嬢ちゃんは確か……」

「カミュ、だね？」

ふたりの足元にいたのは旅の途中で救出した商隊にいた子ども、カミュであった。

慌てて駆けてきたシトリがガーネットたちの前で息をつく。

「急に走り出したかと思えば……危ないじゃないか」

どうやらカミュはガーネットたちを見つけて走り出してしまったようだ。

苦言を呈するシトリを気にした風もなく、カミュはガーネットたちを見上げている。

もの言いたげなカミュに疑問符を浮かべたガーネットが屈んでカミュの顔を覗き込んだ。

「どうしたんだい？」

「あのね、うぃるさまは？」

ウィルはどこにいるのか。一緒にいないのか。

そう尋ねたいのだと理解したガーネットと部隊長が目を瞬かせる。そして思わず笑みを浮かべてしまった。

ガーネットたちは旅に同行していただけで常にトルキス家と行動を共にしているわけではない。そうと理解できていないカミュはガーネットたちを見つけて駆け寄ってきてしまったのだ。

「残念なことに、一緒にはいないよ」

「ウィル様はモテモテだなぁ」

ガーネットがカミュの頭を撫で、部隊長が快活に笑う。

一方、カミュはウィルがいないと知ると肩を落としてしまい、シトリも思わず苦笑してしまった。

「ほら、カミュ。ガーネットさんたちの邪魔になるから」

「むぅ……」

拗《す》ねたように頬を膨らませるカミュの手をシトリが取る。

微笑ましい兄妹のやり取りにガーネットの肩から力が抜けた時であった。

「きたぞっ！」

怒号と悲鳴。

慌てて駆け出す人々の向こう側で何かが砕け、湧き上がる煙の向こう側から牛頭の巨軀を立ち上がらせた狂暴そうな魔獣が天に向かって咆哮を上げた。

その姿を見た部隊長が忌々《いまいま》しげに呟く。

「ミノタウロスだと……？」

ミノタウロスの目に逃げ惑う人々の姿が映り、のっそりと体の向きを変える。前傾になったその体が人々を捉えんと走り出した。大質量の突進が瞬く間に人々の背に迫る。

「動きを止めろ！」

盾を構えた兵士たちが逃げ惑う人々とミノタウロスの間に割って入った。襲い来る衝撃に備えて兵士たちが魔力を漲《みなぎ》らせる。しかしその体格差は圧倒的だ。如何に身体を強化しようともミノタウロスの突進を止めるのは到底不可能のように思えた。

そんな兵士たちの前に躍り出たのは兵士たちよりもさらに小柄な少女の姿であった。

「止めます！」

「カリン⁉」

ガーネットが悲鳴じみた声を上げる。彼女は【荒野の薔薇《ばら》】に所属する魔法使いの少女であった。

少し前まで自分のお荷物っぷりを悲観していた、あの少女である。

だが、カリンの表情にその陰は微塵もなく、決意にみなぎっていた。

悲嘆に暮れていたのはもう昔の話。彼女はトルキス家に――ウィルに出会うことで自分の居場所を見つけたのである。

（ウィルちゃんに教わったこの魔法で！）

カリンが突進してくるミノタウロスに向かって足を踏み出し、杖を構える。

「来たれ風の精霊！　破裂の散弾、我が敵を跳ねろ青嵐の波紋！」

カリンの杖先に集まった風属性の魔力が一気に解き放たれた。

十分に引きつけられたミノタウロスの全身を無数の魔弾が襲い、衝突と同時に炸裂する。面で捕らえられたミノタウロスの巨軀が衝撃によって仰け反り、進む力を完全に失った。

「今だっ！　突き刺せ！」

脇にいた兵士たちが一気に飛び出し、ミノタウロスに槍を突き立てる。

体勢を立て直したミノタウロスは嘶《いなな》くと四肢に力を込め、槍を振り払おうと暴れ始めた。

「くっ！　まだ動けるのか⁉」

ひとりふたりと兵士たちが引き剥がされる。しかしここで仕留め損なうわけにはいかない。ミノタウロスに自由を許せば、また突進を繰り返す。そうなれば逃げ遅れている人々にも危害が及ぶ。

必死に食らいつく兵士たちの頭上に影が舞った。

「寝てな！　火核斬燈！」

跳躍したガーネットのショートソードが燃え上がり、ミノタウロスの首筋を切り裂く。傷口から燃え広がった炎がミノタウロスの頭部を包み込んだ。

咆哮《ほうこう》を上げたミノタウロスが火を振り払おうとするが魔力の炎は絶えず燃え続け、ついには力尽きて膝から崩れ落ちた。

「やりましたね、リーダー！」

一難しのぎ切って笑顔で駆け寄ってきたカリンの頭をガーネットが小突く。

「いたっ」

「危ないだろう？」

「えー？　だってトルキス家の人たちに教わったとおり動けましたよ？」

自分の成果を褒めてくれないガーネットにカリンが頬を膨らませる。

カリンの言うことも尤もで、その動きは見事なものであったのだが今まで心配する立場だったガーネットからしてみれば過保護になってつい出てしまった反応であった。

まったくいつの間に成長したのであろうか。

複雑な心境のガーネットを他所《よそ》にカリンが駆け寄ってきたカミュたちに胸を張る。

「ウィル様に教わった魔法とトルキス家の指導！　私も少しは成長してるんです！」

「ずるいっ！」

「なんで⁉」

自信に満ちた態度をカミュに非難されてしまいショックを受けるカリン。

どうやらカミュはカリンがウィルに魔法を教えてもらったことに反応しているようだ。

カミュの言いたいことをなんとなく理解してガーネットも思わず苦笑してしまう。

「まぁまぁ……」

シトリが間に立ってカミュを落ち着ける。

一難は去ったようだがすべてが解決したわけではない。騒ぎが収まることはなく、次々と現れ始めた魔獣に部隊長の指示が飛んでいた。

そんな部隊長がガーネットに向き直る。

「ガーネット！　ここは我々に任せてみんなを近くの精堂に誘導してくれ！」

「了解した！　あんたたち、聞いたね！」

ガーネットが部隊長に短く返事を返し、カリンたちに向き直った。【荒野の薔薇】のメンバーがすぐに集まって避難を呼びかけ、シトリははぐれないようにとカミュを抱き上げる。よく見ればシトリやカミュの両親も近くに駆け寄ってきている。

「シトリだったね。妹を運びながら走れるかい？」

「まかせてください。商隊の荷物運びで慣れてますから」

「かみゅ、にもつじゃないもん！」

妹の非難に苦笑いを浮かべながら、シトリがガーネットたちに続いて走り出した。

駆け抜けた道の脇から更なる怒号が響き、戦闘が広範囲にわたっているのがわかる。

「いそげ！」

「おにーちゃん、いそいでー！」

ガーネットに促され、カミュがシトリの肩を叩く。

シトリが一層足に力を込めた。

（なんか最近、カミュが元気になったなぁ……）

ふと湧いたシトリの感想を肯定するかのようにカミュの腰に揺れるウィルのお守りの精霊石が陽の光を微かに反射するのであった。

◆

帝都の空に轟音《ごうおん》が響いた。

白いローブの刺客が放つ魔獣に対し、騎士や兵士が臆することなく立ち向かっていく。

ソーキサス帝国の戦力が動揺もなく迅速に対処できたのはシローたちからもたらされた情報のおかげであった。

魔獣召喚の話を聞いていなければ街中に姿を現した魔獣に気後れすることもあっただろう。しかし、魔獣召喚のカラクリを理解したソーキサス帝国の騎士たちが後れを取ることはなかった。

王都レティスで起きた悲劇を繰り返してはならない。

シローたちの願いとソーキサス帝国騎士の想いは合致し、白いローブの集団の初動を見事に抑え込んだ。

(始まったか……)

広場の壇上で異変に気づいたシローが胸中で呟いた。

広場に張り巡らされた防御壁の外側でなだれ込んできた魔獣と騎士たちが戦闘を開始する。その異様な光景に集まった人々の中にも動揺が広がって騒《ざわ》めきだした。

「静まれ、皇帝陛下の御前であるぞ!」

ソーキサス帝国の重臣が前に進み出て集まった者たちに張りのある声を投げかける。

そうして見れば壇上に立つ貴族たちは誰もこの異常事態に気後れしていなかった。想定されていた事態であったということもあるが、誰もが刺客の非道に怒りを覚えていたからであった。

凛として居並ぶ貴族や騎士の中央に立ったレオンハルトが集まった者たちの前にまっすぐ進み出る。

人々は静まってそんなレオンハルトの言葉を待った。

「先の内乱より十余年……我々は先代皇帝の圧政を排し、この国の未来を勝ち取った。誰もが幸せに向けて歩を進められる未来を。この度の式典もそんな帝国に共感し、共に歩んでくれる隣国の使者を皆に紹介したかったからだ。

しかし、そんな未来ある帝国を根底から崩さんと企てる愚か者どもが現れた。奴らはこれから共に歩まんとするフィルファリアの王都を襲撃した痴《し》れ者と同種の存在だ」

ソーキサス帝国にも王都レティィスで起きた魔獣騒動の噂は広まっている。それが今、自分たちの身に降りかかろうとしているということは誰の目にも明らかであった。

聴衆が再び動揺に揺れる。

そんな聴衆の不安に対し、レオンハルトは腰に帯びた剣を抜いて天に掲げ、声を張り上げた。

「断じて！　断じて許せぬ！　私は、我が軍は、フィルファリアの地で犠牲になった友の無念を胸に、非道を断つ！」

勇ましい皇帝の姿に広場の聴衆から、そして精堂で中継を見ていた者が歓声を上げる。レオンハルトの勇姿は聴衆の動揺を払拭するには十分であった。

レオンハルトの声に呼応するかのように士気を漲らせる騎士や兵士、冒険者たち。戦闘に従事できない住民たちも一丸となって後方支援に駆け回る。

歓声を上げる聴衆の姿に一瞬目を細めたレオンハルトが踵を返し、壇上の中央へと戻った。

「シロー殿」

シローの横でレオンハルトが足を止め、向き直る。

「はっ」

「本来であれば他国の貴族である其方《そなた》にこんなことを頼むのはどうかと思うが……」

前置きしたレオンハルトの笑みでシローはなんとなくこの後に続く言葉の想像がついてしまった。

「我が軍の騎士たちを援護してやってはもらえぬか？」

「しかしそれは……」

シローが離れるということはそれだけレオンハルトの身の回りが手薄になるということだ。シローがレオンハルトを護衛するという前提でレオンハルトを前線に立たせることを承諾した者もいる。

戸惑うシローにレオンハルトの笑みが深まった。

「シロー殿。私もこう見えて元上級冒険者だ。それなりの腕はある。それに――」

レオンハルトが視線をシローとは逆のほうへ向ける。そこには皇帝直属の近衛兵が控えていた。

シローが一目見ればわかる。相当な実力者だ。

「なにもテンランカーに名を連ねた者だけが強者というわけではない」

レオンハルトの言うことは正しい。

世界は広い。テンランカーだけがこの世の強者ではない。マスタークラスなどと称される達人はこの世に多くいる。

シローの身近ではトマソンやジョンなどがそうだ。独自の武技を修めて飛躍した者、一流の指導の中で開眼した者、さまざまである。

レオンハルトからしてみれば、そうした強者を傍に仕えさせているのにシローの行動まで縛ってしまっていることが納得いかないのだろう。シローの強さを知れば自由に行動させたほうが理のある話なのだ。

「お互い妻に怒られることになるかと思うが……付き合ってもらえるかな？」

当然、レオンハルトやシローが前線に立つことにセシリアやシャナルがすんなりと理解を示したはずもなく。

彼女たちの後の剣幕を想像したシローも思わず苦笑してしまう。そして魔刀の鞘に手を添えた。

「アロー様」

シローの呼びかけに応えたアローが鞘から顕現すると周囲から感嘆の息が漏れた。

「レオンハルト陛下の護衛をお願いします」

「了解」

風の上位精霊であるアローが本陣の護衛に回れば心強いし、万が一レオンハルトに危機が迫ることになったとしてもシローに伝わる。さらにアローが本陣で戦況を判断してくれればシローも動きやすかった。

アローの了承を得たシローがレオンハルトに向き直る。

「陛下。彼女を護衛として残していきます」

「かたじけない。シロー殿、精霊様」

素直に礼を述べるレオンハルトに見送られ、シローが魔刀を抜いた。

「一片、いくぞ！」

「承知！」

シローと顕現した風の一片が壇上から飛び立ち、防御壁の外側に抜ける。

そのまま騎士たちの前に躍り出たシローをめがけて魔獣が殺到した。

「小物だな……」

襲いかかる魔獣の力を推し量った一片が鼻を鳴らす。魔獣召喚の筒の影響を受けて狂暴化している魔獣であるがそのランクは低い。物量はあるが帝国騎士でも十分に対応できそうに見える。

「解《げ》せん」

「ああ」

一片と同じ違和感を覚えたシローが微かに眉根を寄せた。

いくら警備が厳重でも敵はキマイラなどの巨獣を召喚することもできる。奇襲の初手としてはどうにもインパクトに欠ける魔獣の構成だ。必要以上に街を傷つけたくないのか、はたまた戦力を出し惜しみしているのか。

(城から出た皇帝を狙う絶好のチャンスのはずだが……?)

相手の戦力を早々に削り取ってしまおうと考えていたシローの当ては外れた感がある。だがシローの予想では敵も勝機があっての攻勢のはずで。

「どうする?」

迫りくる魔獣を二匹三匹と無造作に斬り捨てながら思案するシローを一片が見上げる。

考えを纏めるようにシローはゆっくりと魔刀を構え直した。

「なにかあるはずだ。奴らの狙いがわかるまでは広場に集まってくる魔獣を狩る」

「うむ」

シローと一片が地を蹴って。新たに押し寄せる魔獣の群れを斬り裂いていった。

◆◆◆◆

「来たぞっ！　突破を許すな！」

中央広場から城門前にまで展開したソーキサス騎士団の防衛線が魔獣たちと衝突する。

その魔獣たちの向こう側には白いローブの刺客たちがレティスのときと同じように次々と魔獣を展開していた。

（入念な準備ができていた分、市街の被害も少ないか……）

騎士団の怒号と魔獣の咆哮を聞きながらレンが眉根を寄せる。

遊撃部隊が上手く動いているのか、目に見えて逃げ遅れた者が巻き込まれている様子はない。しかし、人々が平和に暮らすはずの市街にあふれる魔獣の様子は見ていて気持ちのいいものでは当然なかった。

手甲に覆われたレンの拳に力が入る。

次の瞬間、レンの姿は音もなく消えて、その身は宙を舞っていた。

拳に灯った黒炎が尾を引いて、奥にいるひときわ巨体のワニ型魔獣へと降下する。

天から下る強烈な一撃が魔獣の頭部を粉砕し、燃え広がった黒炎が瞬時にその全身を焼き焦がす。

拳を引き抜いたレンが魔獣から下り立つ間に、大型魔獣は断末魔を上げる間もなく死に朽ちていた。

あまりの瞬殺、凄惨な光景に気づいた者が敵味方問わず息を飲む。

それを実行したレンの表情は美しくも冷酷であった。当然それは白いローブの刺客たちに向けられたもので。

「周りの罪なき人々に害が及んでも構わぬという貴様らの姿勢……反吐が出る」

その表情は英雄【暁の舞姫】ではなく【血塗れの悪夢】のそれであった。

焦った刺客たちがレンに魔獣をけしかけるがレンの歩みは止まらない。最小の動きで魔獣を払い、一歩、また一歩と刺客たちへ近づいていく。

そんなレンが微かな気配を感じて身をひるがえした。

「――っ！」

死角から飛び込んできた男の鋭い一撃がレンの首を狙い、レンがそれを手甲で受け流す。

強襲に失敗した男が舌打ちしながら地を滑り、刺客たちとレンの間に割り込んだ。

ゆっくりと向き直るレンに対し、男――キースが微かに苦笑いを浮かべる。

「まじかよ……完全に死角から隙を突いたろうがよ……」

「そう……？　気配は感じ取れましたが？」

どこまでも冷たいレンの視線を浴びてキースの頬に汗が伝う。

一方、レンも言葉ほど余裕を感じているわけではなかった。

(踏み込みや一撃の甘さを差し引いても相当な実力者ですか……)

少なくとも王都レティスで対峙したかぎ爪の男より数段上手の実力はある。しかもこの男はかぎ爪の男が背負っていた不可思議な魔道具を使用している節はない。

(気配を消す技術に関しては……まぁ、ウィル様を知る私としては……)

ウィルが真似してしまったルーシェの気配を消す魔法は相当洗練されており、油断しているとウィルが逃走を図ろうとするためレンたちもいつしか気配察知の感覚が鋭敏になっていた。

そんなウィルの面倒を一番に見ているレンからすればキースの気配を消す技術は不完全なのだ。

レンが静かにキースの実力を推し量っているとキースが手にした幅広の曲刀を上段に構え直した。

「今度は外さねぇ」

キースの曲刀が魔力を帯びて発光する。その威力は刀身の魔力光を見れば一目瞭然。

「避ければ後ろの騎士に当たるぜ！　血風・地走り！」

振り抜いた曲刀から放たれた風属性の強力な斬撃がまるで地を滑るようにレンへ向かって飛来する。

キースの言葉どおり、レンが避けてもその威力は衰えず、後方の騎士たちを巻き込むだろう。

迫る斬撃を前にレンは小さく息を吸った。斜に構えるように小さく上げた左足を瞬間、力強く踏み出す。

「震脚・迎門！」

踏み込んだ足から発せられた魔力の波動がキースの斬撃とぶつかり威力を相殺する。

残った魔力の残滓《ざんし》がレン特有の黒炎を帯びてちらちらと揺れた。

「踏み込みだけで……ゴリラかよ」

ゆっくりと構え直すキースの顔にははっきりと引きつった笑みが浮かんでいる。

レンの発した武技はそれそのものに攻撃力があるものではない。武術の踏み込みに魔力を合わせたもので相手の機先を制する技である。

それを斬撃にぶつけて相殺してしまったのだ。

「キース様……」

声をかけてくる仲間にキースがレンから視線を逸らさずに答える。

「……あの女の相手は俺がやる。お前たちは手筈どおりに動け」

「はっ……」

レンに気取られては意味がない。

キースは短くやり取りするとレンとの距離を少しずつ縮め始めた。

（生きて帰れるかなぁ……俺……）

皮肉交じりに胸中で呟きながら次の一手のために魔力を練る。

一方、レンは静かにキースを観察していた。

（軽薄そうに見えて前がかりになるわけでもなく……この手のタイプは何か企んでいそうですが……）

どことなくカルツに似ていると感じながらレンが大胆に間合いを詰め始めた。

（まぁ、いいでしょう。捕まえて吐かせれば同じこと……）

散歩をするかのように進むレンとにじり寄るキース。その姿勢の違いがそのまま両者の実力差でもあるのだが。

「覚悟してもらう！」

「負けるわけにはいかねぇのよ！」

双方、地を蹴って。レンの拳とキースの斬撃が交錯した。

城内の迎賓館にはウィルたちやハインリッヒたちの他に帝国貴族の子どもたちやドヴェルク王国の子どもたち、数名の貴族や貴族の婦人たちが集まっていた。

表向きは子どもたちや婦人たちの社交会だが、実際は護衛対象として一所に集められているような形だ。

とはいえ会場内に兵士がひしめき合っているというようなことはなく、多くは場外で警備し、室内にいるのは皇族の近衛騎士団のみである。

そんな中、ウィルはというと子どもたちの輪の中でぼんやりと天井を見上げていた。

子どもたちの中にはウィルに倣って天井を見上げる者もいたが別段何かあるようには見えない。

ウィルだけがその微かな変化に気づいていた。

「どうしたの、ウィル？」

他の貴族の子どもたちに気を利かせたニーナがウィルに尋ねると、ウィルは視線を天井からニーナへ向けた。

「にーなねーさま、まそがざわざわしてるの」

「魔素が……？」

ウィルの言いようにハインリッヒをはじめ、多くの者が首を傾げた。

普通は目に見えない魔素を感知することはできない。歴戦の猛者ですら難しく、精霊や幻獣の契約者になればその精度は増していく。

ウィルほどはっきりと魔素が見えるともなれば皆無だ。

そのことを理解しているセレナがウィルの頭を優しく撫でた。

「ひょっとしたら戦闘が始まったのかもしれないわね」

セレナの言葉に子どもたちが思い思いの表情を浮かべる。

子どもたちにも今回のレオンハルトたちの作戦が伝わっているようで、ハインリッヒや貴族の男児の中には子どもながらも引き締まった顔をする者もいた。

しかし、そんな中にあってウィルは黙ったまま足元に視線を落としていた。

(なに……？)

いつもは有事の際に騒ぎ出すウィルである。

すぐに落ち着かせられるようにと備えていたセレナは当てが外れて首を傾げた。

ウィルがじっと地面の、見えるはずのないその先まで見通すかのように固まっている。

(なんか……？)

地の底から湧き上がってくるような圧力。意志のようなものが上へと昇ってくる。

予感よりももう少しはっきりしたなにかをウィルは確かに感じ取っていた。

「なんか、くる……」

「えっ……？」

ウィルの小さな呟きは周りの子どもたちにもよく聞き取れなかったようで、心配したマリエルがウィルと視線の高さを合わせた。

「大丈夫、ウィルちゃん？」

覗き込んでくるマリエルの顔をウィルがまっすぐ見返す。しかしその顔に怯えはなく、ウィルなりに引き締まった顔をしていた。

「だいじょーぶ！　うぃるがまりえるねーさまたちをまもるから！」

突然、小さな男の子から頼もしい発言が飛び出してきょとんとしてしまったマリエルたちが笑みをこぼす。

それがただの戯言ではないことを理解しているセレナとニーナだけは顔を見合わせて頷き合うと傍に控えていたメイドのアイカに声をかけるのであった。


それは突然の出来事であった。

「魔獣だ！　魔獣の侵入を許したぞ！」

始まりが誰の声だったのかはわからない。突如として城内に魔獣が姿を現したのだ。

「どうなっているんだ⁉」

城内の警備に当たっていた騎士がひとり、混乱する廊下を駆け抜ける。

城門を破られた気配はなかった。城内に魔獣が侵入しているなど考えられないことであった。

「くそっ！」

部下に襲いかかる魔獣を見つけた騎士が悪態をつきながらショートソードを一閃《いっせん》する。魔力を伴った一撃が部下に気を取られた魔獣の背を斬り裂いて、魔獣は断末魔を上げる間もなく事切れた。

「しっかりしろ！　傷は浅いぞ！」

壁にもたれかかりながら崩れ落ちていく部下を支えた騎士が励ますが、命に別状はないにしてもその傷は決して浅くはない。咄嗟《とっさ》に出た嘘であった。

「た、隊長……」

「おい！」

「魔獣は城の内部から……」

「ば、ばかな……！」

騎士が部下に問いただそうとするが部下はそのまま気を失ってしまった。

途方に暮れる騎士の下へ他の部下が駆けつけてくる。

「こいつを治癒術師の下へ！　数名は俺についてこい！　先行して皇妃様方の安全を確保する！」

傷ついた部下を他の部下に任せ、騎士が迎賓館に向けて走り出した。

(城の内部からだと……？)

部下の言葉を思い返して騎士が奥歯を噛みしめる。普通ならそれは考えられないことだ。誰かが魔獣を持ち込まない限りは。

(手引きをした者がいるとでもいうのか……⁉)

最悪の想像を振り払いながら、騎士は急ぎ廊下を駆けていくのであった。

ウィルの跳ねた髪の毛がぴょこぴょこ揺れる。

別に魔力を感知したから立っているわけではない。

そんなウィルの髪を撫でるセレナの視線の先ではアイカがセシリアにウィルの反応を伝えてくれていた。セシリアなら護衛対象を一か所に集めるようシャナルたちにうまく働きかけてくれるはずだ。

案の定、シャナルたちに何事か説明したセシリアはシャナルたちを連れてこちらに歩き出し始めた。

それを見たセレナがほっと息をついたのも束の間《つかま》、セレナの手からウィルが抜け出した。

「ウィル？」

セレナの問いかけにウィルは答えない。

ウィルは確かに迫りくる気配を感じ取っていた。

（いっこ、にこ……たくさん！）

好ましくない気配の塊。

未だ舌足らずなウィルがそれでも懸命に警鐘を鳴らした。

「よくないのがくる！　まどとどあからはなれて！」

いきなり騒ぎ出したウィルに周囲が騒めくのも一瞬。けたたましく開いたドアからデンゼルと騎士たちが室内に入り込んできた。

「なにごとです⁉」

「シャナル様！　城内に魔物が――!!」

シャナルの問いかけにデンゼルが答え切る間もなく、窓を突き破って何かが室内へと飛び込んできた。

それが虎型の魔獣だとわかるとそこかしこから悲鳴が上がる。

シャナルたちを守ろうと近衛隊が素早く魔獣を取り囲んだ。

逃げ惑う人々。室内に躍り込んでくるデンゼルと騎士たち。吼える魔獣。

入り乱れる人々が小さなウィルの視界を容易く奪う。

「ちがうー！　まじゅーだけじゃ――」

ウィルの警告は大人たちには届かなかった。

その間に人波を縫って駆け抜けてきたデンゼルがマリエルの腕を強引に掴み上げた。

「来るんだ！」

「痛いっ！　離して！」

「マリエル！」

引き離されるマリエルに気づいたハインリッヒがデンゼルに掴みかかる。

だがデンゼルもその動きを予期していたかのように手にした杖を振り上げた。

魔力で強化された杖の一撃がハインリッヒに襲いかかる。

ハインリッヒが咄嗟に展開した障壁を杖が叩く。防ぎきれず砕けた障壁を突破して杖がハインリッヒの肩を捉えた。

「ぐっ――！」

「お兄様！」

杖先とはいえ強化された杖は鉄の鈍器ほどの威力がある。痛みに顔を顰めて転倒するハインリッヒにマリエルが悲鳴を上げた。

同時に駆け出す者がひとり。

「ハインリッヒ！」

シャナルがハインリッヒに駆け寄ろうとするがその道を阻むように騎士が剣を抜いた。

「下がれ！」

「我が子を傷つけられて黙っていられる母がいるものか！」

騎士の制止を振り切って騎士に摑みかかろうとするシャナル。

対した騎士が舌打ちをして剣を振りかぶった。

「馬鹿がっ！」

容赦なく振り下ろされる剣がシャナルを襲う。

しかしその刃はシャナルに届く前に魔法の壁に阻まれ、双方を跳ね返した。

後方によろめくシャナルの体をセシリアが受け止める。

「あ、ありがとう。セシリア……」

ひと息ついて礼を述べるシャナルにセシリアが歯切れの悪い返事を返した。

「いえ……わたしではありません、お従妹様」

「えっ……？」

シャナルは魔法を得意としているセシリアが防いでくれたものと思っていたが。

目の前の騎士も同じようにセシリアを見ており、それからセシリアの視線の先を追った。

シャナルもそれに気がついて視線を追う。

そこにいたのは先ほどまでセレナたちの傍にいたはずのウィルであった。

「そんなのふりまわしたらあぶないでしょ！」

ぷりぷりと怒りを露わにするウィル。

（ウィルが空間転移を……？）

セシリアはすぐにウィルの魔法を理解した。

幼いウィルが高速で移動する術はそう多くない。

おそらく空属性の魔法を得意としているカルツに教わっていたものと思われるが、いまは驚いている場合ではない。

乱入した騎士たちは既に子どもたちや貴族の婦人たちを取り囲んでおり、抜身の剣を突きつけていた。

「全員、動くな！　武器を捨てよ！」

マリエルの腕を摑んだままデンゼルが声を張り上げる。

魔獣の対処に追われていた近衛隊が悔しげに顔をしかめた。敵の陽動にまんまと乗せられてしまった。しかもそれが帝国貴族であるデンゼルの手で行われたとなれば当然だ。

自分たちの不甲斐なさを受け入れて近衛隊の騎士たちがひとり、またひとりと武器を捨てる。それは魔獣を目の前にしては完全に自殺行為であった。

観念した近衛隊を見たデンゼルが満足げな笑みを浮かべる。

近衛隊が死ねばシャナルたちを守る者はもういない。あとは自由に事を運べる。

そのはずであった。

「しゃーくてぃ」

『ん……』

ウィルがぽつりと呟き、心の中からシャークティの頷きが返ってくる。

ウィルは静かに掌《てのひら》を魔獣にかざした。

「つちくれのせんとう、わがいをしるせ　かっしょくのごーじん」

次の瞬間、魔獣の足元から突き出た無数の尖った柱が容赦なく魔獣を突き刺した。

串刺しとなってのたうつ魔獣に全員が言葉を失う。響いたのは幼い声の詠唱。それなのに発動した魔法はあまりにも強力すぎた。

魔獣が事切れる様を見たデンゼルが我に返って視線を声のしたほうに向ける。

「動くなと言っただろう！　魔法を使うな！」

「えー……？」

微かな焦りが交じるデンゼルの声に返ってきたのはウィルの困った声だった。

「だって、あのままうごけないときしさんたちあぶないよー？」

「……なん――？」

回答者の幼さにデンゼルが絶句する。

その様子を見たトルキス家の人間は違和感を覚えた。デンゼルは知っているはずなのだ。ウィルが精霊との契約者であり、類いまれなる魔法の使い手であるということを。それなのに驚くのはおかしい。

その答えはすぐにわかった。

「どういうつもりだ！　デンゼル、答えよ！」

睨みつけるシャナルと圧倒的優位から気を取り直して笑みを浮かべるデンゼル。

その足元で両者を交互に見たウィルは、シャナルの傍らにいるセシリアを見上げてデンゼルを指差した。

「かーさま、あのひと、でんぜるおじさんじゃないよー？」

きっぱりと。ウィルはそう告げて周りをざわつかせた。

マリエルを捕らえた人物はどう見てもデンゼルに見える。だが、ウィルの目を誤魔化《ごまか》すことはできなかった。ウィルの目には男を覆っている魔力の流れがはっきりと見えていた。

「あれはまほーだよ。きりぞくせーのまほー」

「なんだと……」

ウィルの言葉にデンゼルの表情が微かに歪む。

「たいへんじょーずなまほーです」

素直に魔法を称賛するウィルは自信満々だ。当然、トルキス家の者でウィルの言葉を信じない者はいない。

「ガキが。たわ言を……」

一斉に疑いのまなざしを向けられたデンゼルが胸中で舌打ちするが、しらを切っても疑念はますます深まっていく。

ウィルはウィルで明確に敵意を向けられたことに気づいたのだろう。ぷくりと頬を膨らませた。

「でんぜるおじさんはそんなきたないまりょくしてないよーだ！」

デンゼルの魔力は精霊たちに認められるほど澄んでいる。ウィルの目から見ればデンゼルと目の前の人物とでは雲泥の差があった。

「まりえるねーさまからてをはなせ、わるもの！」

「もういい！」

ウィルの言葉に苛立ちを覚えたデンゼルが声を荒らげ、騎士に指示を飛ばす。

「そのガキを黙らせろ！」

ウィルの近くにいた騎士が指示どおりウィルを黙らせようと手を伸ばす。

しかし次の瞬間、ウィルの姿は消えてしまった。

何が起こったのかわからず、全員が動きを止める。

「つかまらないよーだ！」

ウィルの声がまったく別のところから聞こえて全員が向き直った。

ウィルは騎士たちの囲みを突破してその背後にいた。空間を転移するウィルの動きは誰の目にも捉えることを許さない。

「この、ちょこまかと！」

騎士のひとりが怒りを露わにしてウィルを捕まえようとする。

ここに至ってもデンゼルたちは決してしてしてはならないことをしていた。ウィルをなめていたのである。小さな子どもとあなどって。

人質に剣を突きつけていればウィルは言うことに従っていたかもしれない。だがそうしなかったのはウィルがただの子どもでどうとでもなると思っていたからだ。

それは本当のデンゼルなら決して犯さない致命的なミスだ。

ウィルの姿がまた消えて騎士の腕を掻い潜る。

次にウィルが出現した場所はウィルからセシリアたちを囲む騎士たちが全員視界に収まる場所であった。

「この……！」

またも視界からウィルが消えて苛立つ騎士であったが次の瞬間、彼の体を強烈な悪寒が走った。

嫌な汗が全身に噴き出る。見えてもいないのにウィルの位置を理解して騎士がなんとかウィルのほうへ向き直った。

ウィルが小さな手を騎士たちに向けてかざす。圧倒的な魔力の気配が敵対する騎士たちに襲いかかった。

「あじゃんた」

『りょーかい！』

ウィルの呟きに今度はアジャンタが軽快に応えて。

「ぼーふうのほーだん！　わがてきよはぜよ、りょっこーのあらしー」

魔力が意味を成し、セシリアたちを囲む騎士たちの前に強力な風玉が生成された。

次の瞬間、風玉に撃たれた騎士たちが問答無用で吹き飛ばされ、まるでゴム毬《まり》のように床で跳ねて奥にいるデンゼルたちの前に転がった。

あまりの威力に敵味方問わず絶句する。

「ご、が……」

何名かの騎士は意識を失わず、這《は》いずりながら味方の下を目指して蠢《うごめ》いていた。

「おー、きぜつするくらいでまほーつかったのに」

『何人かは咄嗟に障壁を張ったみたいね』

「てかげんってむずかしー」

ウィルは胸中のアジャンタとやり取りしていただけなのだが、その言葉は騎士たちを恐怖させるのに十分であった。

騎士たちが我に返って仲間たちを助け起こす。

デンゼルはというとウィルの異常性に目を離すことができなくなっていた。

(な、なんなんだ、あのガキはぁ……)

自身の狼狽《ろうばい》を気取《けど》られぬようにデンゼルが奥歯を噛みしめる。魔獣の陽動も完全に成功し、人質も確保できたと思っていたのに。たったひとりの子どもに状況をひっくり返されてしまった。

デンゼルの動揺ぶりが手から伝わってマリエルが恐る恐るデンゼルを見上げる。そのことに気づかないほど、デンゼルは動揺していた。

デンゼルの頭の中にあるのはこの異常な事態を如何に脱するかということだけだ。

震える唇からなんとか息を吐き出し、冷静さを取り戻していく。

「……おい。ガキだけでいい。お前たちは怪我人を連れて撤収しろ」

そう呟くデンゼルは懐から魔獣召喚の筒を取り出した。

それに気づいて騎士が頷き、全員で子どもたちを取り囲む。騎士の中のひとりが長柄の魔道具を取り出して掲げると光が溢れ、騎士と子どもたちを包み込んだ。

(あのひかりは……)

光に目を細めながらもウィルがつぶさに観察する。

魔法の光が騎士たちの周りに行き渡ると光の中に溶け込むように騎士と子どもたちの姿が消えた。

「デンゼル！　子どもたちに何をしたの！」

周りが騒めく中、シャナルがデンゼルに問いただす。

再度、優位に立ったかとデンゼルの表情に余裕が生まれそうになったとき、何でもないようなウィルの声がまたそれを阻んだ。

「あっちー」

ウィルの指差す姿にシャナルが目を瞬かせ、デンゼルが奥歯を噛みしめる。

「貴様はーっ！　毎度毎度しゃしゃり出てきて何を言っている！」

「えー？」

何を怒っているのかと不思議がるウィルの胆力も大したものだが、驚くべきことはその口から語られた内容であった。

「いまのくーかんてんいでしょー？　そのとんださきがね、ずっとむこーのほーにあるもりなのー」

「なっ……なっ……」

反論しようとするデンゼルの口から息だけが漏《も》れる。

その狼狽っぷりは誰の目にも明らかであった。

「本当なの、ウィル？」

あまりに的確な内容にセシリアも心配になってウィルに聞き直す。

ウィルはこくこく頷いた。

「れびーとくろーでぃあのあわせわざだってー」

ウィルは魔道具の光を見てそれが空間転移の魔法であると理解した。そしてウィルは離れていても風狼の力を通じてセレナやニーナがどこにいるかを知ることができる。さらに樹の精霊であるクローディアは樹の魔素が多い森の位置を把握することができた。

つまりウィルは空間転移で飛ばされたセレナたちが離れた場所にある森の中にいるとすぐにわかってしまったのだ。

「……あのー？」

何かに気づいたウィルが対峙したデンゼルに視線を向ける。

取り繕うことを忘れたデンゼルにウィルはこくんと首を傾げた。

「おじさんもいっしょににげたらよかったんじゃ……」

空間転移で移動できるのであれば一緒に移動すればこの場を離れることは容易《たやす》い。

完全な上から目線のウィルにデンゼルはとうとう切れた。

「こ、の、クソガキがぁあああああ！」

力任せに込められた魔力で魔獣召喚の筒が怪しく光る。その先端から堰《せき》を切ったように禍々《まがまが》しい気配が溢れ出た。

「はぁっ、はぁっ、くっ……」

急激に魔力を消費したデンゼルが荒い息をつき、マリエルを抱え直して宙に浮かび上がった。

「は、放して！」

「マリエル！」

「下がって、シャナルお従姉様！　魔獣が出ます！」

駆け出そうとするシャナルをセシリアが引き留める。

シャナルたちとデンゼルの間には魔力が溢れ、今にも魔獣がその姿を現そうとしていた。

魔獣召喚に隔てられた先でデンゼルが魔法を放ち、天井に穴を開ける。そこから外へ出ようとするデンゼルの顔には怒りにまみれた嘲笑が浮かんでいた。

「大人しく人質となっていればよかったものを……！」

利用できないのなら生かしておく必要もない。人質は子どもたちだけでも十分だ。

「ドラゴンリザードの餌食《えじき》となるがいい！」

見る間に姿を形作る魔獣に気を取り直した近衛隊が急いで武器を取り直し、シャナルたちの前に駆け寄る。

四つ足で這うリザード種の魔獣。その力はドラゴンの名を冠しているだけあって強大である。手練れの近衛隊をもってしても死を覚悟した戦いになる、はずだった。

（きたないまりょくだ……）

騎士たちが身構える後ろでウィルが静かに小さな手をかざす。その目には出現するであろう魔獣の姿かたちが魔力を通じてしっかりと見えていた。

（ほんもののでんぜるおじさんのまりょくは、もっとやさしくてあったかかった）

なんだか偽物にデンゼルを馬鹿にされた気分がしてウィルにまた怒りが芽生えてくる。

ウィルの怒りに呼応するかのようにウィルの魔力が高まっていく。

「くろーでぃあ！」

『いつでもいいわ、ウィル』

ドラゴンリザードがその凶悪な牙を、強靭な爪を露わにすると同時に、ウィルは叫んだ。

「たいじゅのあぎと！　わがてきをくらえ、じゅかいのほしょく！」

ドラゴンリザードを取り囲むように巨大な木の根が次々と床を突き破る。その先端が宙で頭を垂れて、一斉にドラゴンリザードに襲いかかった。

現れて間もなく、行動を起こすことも許されなかったドラゴンリザードの皮膚を木の根が貫いていく。その光景はまるで樹木に捕食されているようであった。

絶叫するドラゴンリザードと喰い荒らすことをやめない木の根に誰もが言葉を失う。

「悪魔め……」

息を飲んで吐き捨てるデンゼルとウィルの視線がぶつかった。

（あっ……）

そんな中、デンゼルに抱えられたマリエルははっきりと見た。ウィルの纏《まと》った風の魔法がまるで翼のようにはばたくのを。

（ウィルちゃん、天使みたい……）

風の魔法が力を増し、ウィルの体を浮かせた。

それを見れば誰の目にもウィルが追撃態勢に入ったのだと理解する。

「くっ……！」

はじかれたように逃亡を図るデンゼル。

「まりえるねーさまをかえせ、にせものー！」

一気に加速したウィルがデンゼルを追って天井の穴から飛び出していった。

残された者たちが唖然とその背中を見送る。

否、トルキス家の者たちはウィルの行動を予測できていた。しかし目の前で皇女をさらわれたとあってはセシリアもウィルを止めるわけにはいかなかった。

ウィルと精霊たちを信じるしかない。

そして自分にできることをするしかないのだ。

「シャナルお従妹様」

気が抜けそうになっているシャナルの体をセシリアが支える。

なんとかこちらに視線を向けるシャナルの目をセシリアは力強く見返した。

「城内の魔獣を一掃しましょう。ここでやれるだけのことをやるのです」

「え、ええ……」

シャナルがなんとか気を持ち直したことを確認して、セシリアが視線をマイナに向ける。

「マイナ」

「はっ！」

「あなたはウィルを追跡しなさい。そしてウィルと合流するのです」

「はっ！　……はい？」

背筋を正して命令を聞いたマイナがその内容を反芻して思わず聞き返した。

当然だ。セシリアは今し方ものすごい勢いで飛んでいったウィルを走って追いかけろと言っているのである。

とんでもないことを言っているという自覚があるのかセシリアの視線も少し揺れている。命令というよりかは無理を承知で頼んでいるのだ。

「うぁっかりましたぁ！　この韋駄天《いだてん》マイナちゃん、必ずやウィル様とマリエル様に合流してみせます！」

略式ながら勢いよく敬礼をしたマイナは風属性の魔法を纏って迎賓館から飛び出していった。

（お願いね、マイナ……）

セシリアが祈るように胸中で呟く。この中ではマイナの足が一番速い。マイナで追いつけなければ誰にも不可能なのである。

「エリス、アイカ、ミーシャ」

「「「はっ！」」」

セシリアの呼びかけに控えていたエリスたちが背を正す。

「私たちも戦いに参加します。続きなさい」

「「「はっ！」」」

陣頭指揮を執り始めたシャナルを追って、セシリアたちもまた城内の魔獣を一掃すべく行動を開始した。

◆

二閃三閃するキースの曲刀をレンが前に出ながら捌く。

鋭い斬撃の隙を窺っては距離を詰めようとするレンだがキースが深く踏み込むことはなく、ふたりは一進一退の攻防を繰り返していた。

決め手を欠いて距離を取るレンとキース。お互い対峙したまま、レンは背後の城門前と城内の異変に気がついた。

「城内に魔物が侵入しました！」

「なんだと⁉　いったいどこから⁉」

騎士たちのやり取りで何が起こったのか察する。一瞬、ウィルたちの安否がレンの脳裏をかすめるが、すぐに気を取り直した。

目の前のキースは隙を見せていい相手ではない。

「守るモノが多いのは大変だなぁ」

そんなレンとは対照的に笑みを深めるキースからは微かに余裕が見て取れた。

「最初から城内への奇襲が狙いだったのか」

詰問するレンの目が細まる。

キースの様子を見れば答えを聞くまでもない。

「街が襲撃されると考えれば、あんたら必ず出てきて街と城門を固める。兵力の足りない今のソーキサス帝国なら自然と城内は手薄になるわけだ」

当然、それだけで奇襲を成功させられるはずはない。城門を固めている以上、外部から侵入することは不可能だ。城門付近で戦闘していたレンも城壁を破られた気配は感じていなかった。

「不思議か？　この城は現皇帝とその派閥が奪い取った城だ。知られていない隠し通路があっても不思議じゃねぇだろ？　例えば前皇帝と側近しか知らない脱出路、とかな」

もし本当にそのような通路があるならば敵はかなり自由な行動ができたことになる。

キースが曲刀をゆっくりと構え直した。

「あとは簡単。攻め手を休めず、城門に圧力をかけ続ければ城内に救援へ向かうことも場外に助けを求めることもできない、って話だ」

それだけで白いローブの集団は城内を孤立させ、有利に立ち回り続けることができる。

白いローブの集団が圧倒的に優位なのは言うまでもない。

そのはずであった。

なにかが城壁から落ちてきてレンとキースが身構える。

それが軽やかに着地するとレンは警戒を解いた。

「マイナ……」

「あっ、レンさん！」

城壁から舞い降りたのはマイナであった。

マイナはレンに気づくと矢継ぎ早に状況を報告した。

「子どもたちが魔道具で誘拐されて、ウィル様が首謀者とみられる男を飛んで追いかけちゃったんです！　私はセシリア様の命令でこれからウィル様を追いかけます！」

「子どもたちは？　どこに連れ去られたかわからないんですか？」

「ウィル様が南の森にいるとおっしゃっていたので間違いないかと」

「まてまてまて！」

レンとマイナのやり取りにキースが割って入る。

「なんで城壁、乗り越えてくんの？　おかしいでしょ？　城門から回ってくるでしょ、普通は！」

キースが慌てるのも無理はない。せっかく城内を孤立させたのに思いもよらぬところから突破されたのである。

城壁は高く、普通ならそこを登って飛び降りようとは考えない。しかも離れた場所にある拠点の位置まで知られてしまっている。

一瞬、敵からの指摘を訝《いぶか》しんだマイナであったがそれを不敵に笑い飛ばした。

「はっ！　ウィル様をお相手に常識だなんだと言ってたら間に合わないのよ！」

仕えている家の子どもにその評価もどうかと思うが。魔法の常識を日々覆しているウィルだからしょうがなくもある。

結局、マイナにとってキースは適当にあしらうだけの存在だったのか、気にせずレンに向き直った。

「それではレンさん、私は先にウィル様のところへ参ります！」

機敏に手を上げて、マイナは返事も待たずに走り出した。

「ちょっ、待て！」

キースの制止も一目散に駆け出したマイナの背中は風属性の魔法も相まって瞬く間に遠ざかる。もはや腕ずくで止めることも叶わない。

「どうされますか、キース様」

呆然となりそうなキースを仲間の声が呼び戻す。囲みを突破されたとはいえ、即作戦終了になるわけではない。

気を取り直したキースが再びレンと対峙する。

「……しょーがねぇ、ありったけの魔獣を出すぞ」

「作戦続行ですね」

「いや……」

前がかりになりそうな白いローブの刺客たちをキースは冷静に制した。

「魔獣を解放後、撤収する」

「撤収、ですか……？」

キースの判断は刺客たちの中でも早いものだったのだろう。

だが、キースの中でこれ以上現場に留まるメリットはなかった。

「俺たちの任務はあいつらが作戦を遂行するまでの時間稼ぎだ。一応、人質の確保にも成功したみたいだし、メイドには突破されたがそれくらいは自分たちでなんとかするだろ」

「しかし……」

「義理のねぇ相手のために俺たちが留まり続けてリスクを負う必要はねぇよ。俺からしたらお前らが欠けることなく無事逃げ延びるほうが大事だしな」

「キース様……」

「それに――」

レンを注視していたキースの頬を汗が伝う。

レンの立ち姿は変わらない。しかし、そこから発せられる圧力は徐々に増していた。

「そこをどきなさい。すぐマイナを追わなければならない」

一歩一歩踏み出すレンの手甲から黒炎が溢れて揺らめく。その温度は熱いはずなのに見る者の背筋を凍らせた。

脇にいたリザードマンがレンの気に当てられたのか、吼えてレンの行く手を遮る。

薙ぎ払われるリザードマンの鋭利な爪をレンは無駄のない動きで掻い潜った。

「炎獄穿」

眉ひとつ動かさずに突き出したレンの貫き手がリザードマンの胴体を貫通し、背中から黒炎が噴き出す。

全身を黒炎に包まれたリザードマンが為すすべなく崩れ落ちた。

黒炎の向こう側に佇むレンの圧力がさらに増していく。

「もう一度言う。どきなさい」

レンの言葉が静かに響く。気を抜けば本当にそのまま道を譲ってしまいそうになるほど、その言葉には言いようのない圧力があった。

「くっ……」

キースが気を取り直して手にした魔獣召喚の筒に魔力を込める。

その姿に我に返ったローブの刺客たちも次々と魔獣を召喚し始めた。

レンの前に魔獣たちが次々と形成されていく。その反対側でキースは素早く指示を飛ばした。

「撤退信号を！　引くぞ！」

実力者であるキースはレンと相対してすぐに察した。あれは危険だ、と。

実力差はなんとか戦える程度。それにしたって危険すぎて踏み込むわけにはいかなかった。それなのに今はその隙すらなく、気配だけでキースを押し込んでくる。

力のない者であればその実力と凄みだけで圧倒されてしまうだろう。

(時間稼ぎに徹してよかった……マジで……)

撤退しながら、キースは己の判断が間違いではなかったと確信した。

一方、素早く身を引く白いローブの集団をレンは追いかけようとはしなかった。

今必要なのはウィルとの合流、そして子どもたちの救出だ。

沸騰しそうになる頭でレンが状況を整理する。

(子どもたちを誘拐したということは身柄に利用価値があるということ……手荒には扱わないでしょうが……)

とはいえ、必ずしも安全というわけではない。セレナやニーナが巻き込まれたと考えればレンが冷静を装い続けるのは難しい。

(おそらく狙いはこちらの武装解除……)

時間が経てば経つほど相手に準備する余裕を与えることになる。他国の子どもたちも一緒ということであれば貴族たちの足並みが揃わないことも容易に想像ができる。

しかし裏を返せば相手の準備が整う前に子どもたちを救出できれば相手を無効化することも可能なはずだ。

それにはまず目の前の魔獣を迅速に排除し、一刻も早く足止めから抜け出さなければならない。

(この魔獣の追加もおそらくこちらの戦力を魔獣の討伐に当てさせ、子どもたちの救出を遅らせるのが狙い……）

時間をかけては相手の思うつぼだ。

波のように押し寄せる魔獣と対峙したレンの両手の黒炎が勢いを増す。

「押し通る！」

レンの手甲が先頭を切って襲いかかってくる魔獣の頭部にめり込み、そのまま頭部を吹き飛ばした。

第三章

ウィルベルを追って

episode.03

will sama ha
kyou mo mahou de
asondeimasu.

ラッツが子どもを抱えて跳躍する。

足元の通りでは魔獣が暴れており、騎士や冒険者たちが交戦を続けている。その上空をラッツは建物を足場に飛び回り、逃げ遅れた人々を安全な場所へ運んでいた。

最後の建物の縁を蹴ってラッツが大きな通りへ着地する。

「ぼうや！」

「お母さん！」

ラッツの腕を滑るように下りて、子どもが駆けつけた母親に抱き着いた。

「ほんとうに……ほんとうにありがとうございます」

涙ながらに礼を繰り返す母親にラッツが笑みを浮かべて目を細めた。

「礼はそっちのエジルさんに言ってくれ。俺は言われたとおり、子どもを迎えに行っただけさ」

ラッツが勧める先には肩に幻獣のブラウンを乗せたエジルが立っている。

エジルがブラウンの幻獣魔法で広範囲を探知し、逃げ遅れた人々を特定。機動力のあるラッツが現場へ急行。

ふたりの活躍もあり、彼らの担当区域では大した負傷者は出ていなかった。

エジルの肩に乗るブラウンもどこか誇らしそうである。

「ここはまだ危険だ。ふたりとも、精堂に避難してください」

「はい」

エジルに促され、母親が去り際に再度頭を下げる。

「お兄さん、幻獣さん、ありがとう！」

助け出された子どももふたりと一匹を見上げ、礼を述べると母親に手を引かれて避難所へと去っていった。

その後ろ姿を助け出せた安堵感を持って見送るラッツとエジル。だがいつまでも感傷に浸ってはいられない。ここはまだ戦場なのである。今もルーシェたちは魔獣と交戦している。

「要救助者は今の子で最後ですか？」

「ああ。あとは魔獣を掃討すれば……」

ラッツとエジルが後の動きを確認していると何かに気づいたブラウンがひと声鳴いた。

その視線の先を追ったラッツが眉根を寄せる。

「マイナ？」

見慣れたサイドテールの少女が駆け寄ってくるのを見たラッツが眉根を寄せる。マイナは城内に控えているはずであり、よっぽどのことがない限りラッツたちの下へ来ることはないはずであった。

「ラッツ！　エジルさん！」

風属性の魔法で加速したマイナがふたりの前で滑るようにして止まる。

「なにかあったのか、マイナちゃん？」

「大変なの！」

城内を襲撃されたこと。子どもたちが誘拐されたこと。ウィルが飛んで行ってしまったこと。捲《まく》し立てるマイナの報告を聞いてラッツの表情が険しくなる。

「お前たちが一緒にいて何やってんだよ……」

「しょうがないでしょ、魔道具で貴族に変装されちゃってたんだから！　それだってウィル様が見破ってくれてなかったら今頃──！」

「まぁまぁ……」

ラッツの反応に憤るマイナをエジルがなだめる。ここで言い争っていても事態が好転するわけではない。

穏やかなエジルであるが状況の変化は正確に把握していた。

（魔獣の勢いが増したか……？）

未だ目に見えない変化だが幻獣魔法の使い手であるエジルがその気配を捉えそこなうことはない。

防衛戦もこれからが正念場になるはずだ。ウィルのことも心配だがむやみに人手を割くわけにはいかない。

「ブラウン、マイナちゃんについて行け」

エジルの指示にブラウンがマイナに飛び移る。

ブラウンを受け止めたマイナがエジルを見上げた。

「エジルさんは大丈夫なんですか？」

幻獣との契約者は幻獣とともにあったほうが力を発揮しやすい。

気遣うマイナにエジルが頷いて返した。

「問題ないよ。それにブラウンがマイナちゃんと一緒にいてくれたほうが気配を辿って後を追えるから」

今は同行できなくともエジルならブラウンの気配を頼りにマイナを追跡できるというわけだ。

「問題があるとすれば――」

エジルの心配事は別にあった。それはマイナひとりにウィルの追跡を任せてしまうことだ。ウィルは既に街の外まで飛んでいってしまっている。それを追って街を出れば当然安全なはずがない。

ラッツの苛立ちもそれを含めてと思うのは考えすぎだろうか。

「よろしければ――」

話し合う三人の外から声がかかり、マイナたちが声のしたほうに視線を向ける。そこには老人がひとり立っていた。装いからして品のいい、背筋の通った人物である。

「じいさん、何者だ……？」

そんな人物に対してラッツは少なからず警戒した。いつの間にそこにいたのか、全く気づかなかったからだ。ラッツたちに気取られずに近づくのは簡単なことではない。

しかしその老人はマイナの知る人物であった。

「あなたはシロー様のお知り合いでトルキス家の協力者であるマクベスさん！」

「……わかりやすい説明ありがとうよ」

警戒した自分が馬鹿馬鹿しくなり、ラッツが力なく首筋を掻く。そんな様子にエジルは苦笑してしまった。

「いらしてたんですね、マクベスさん」

「うむ。君たちのところの優秀な執事と門番が旅に同行できないと聞いていたものでね」

歓迎するマイナにマクベスが相好《そうごう》を崩す。どうやらマクベスは陰ながらトルキス家一行を見守っていたらしい。

だが、いつまでものんびりと再会を喜んでいる場合ではない。

「話は聞かせてもらった。よければ私がお嬢さんに同行しよう」

マクベスの提案にマイナたちが顔を見合わせる。

「あの、私、走ってウィル様を追いかけますけど？」

魔獣による混乱の中では騎乗獣を手配することは難しい。故に、マイナは自身の得意とする風属性の魔法を用いてウィルを追走するつもりでいた。マイナの魔法でマクベスの速度を上げることは可能だが、足の速いマイナと併走することは簡単なことではない。

「問題ない。走るのには少々自信があるのでね」

マイナたちの心配を他所に笑ってみせるマクベス。

マクベスが大丈夫だというのであれば併走できることを信じるしかない。

「わかりました。しっかりついてきてくださいね」

「心得た」

マイナはマクベスの申し出を了承するとラッツたちに向き直った。

「ごめん、行ってくる。城門前にレンさんがいるからできれば助けてあげて」

「了解。こっちは任せて。体制が整ったら後を追うよ」

エジルが答えてマイナとマクベスを送り出す。

その後ろ姿を見ながらラッツが小さくため息を吐いた。それに気づいてエジルが笑みを浮かべる。

「マイナちゃんのことが心配か？」

「まさか」

エジルの問いかけにラッツが肩を竦めた。

あまり態度には示さないがラッツはマイナの実力を認めている。それにああ見えて頭の回転が速い娘だ。敵の城内強襲によって後手は踏まされたがウィルを追跡するのにマイナ以外に適任がいるとは思えない。

マクベスのことについてもシローの知り合いで協力者というのであればラッツが心配することなどなかった。それにもしマクベスが不審な人物であればラッツよりも先に幻獣であるブラウンが警戒を示したはずだ。エジルがそのことを見落としているとも思えない。

だからラッツの心配はもっと別なことにある。

「マイナよりも坊のほうが心配だ」

「確かに。とっとと魔獣を片付けて迎えに行ってあげないとね」

騒がしさを増し始めた戦場に向かうふたりの背中は余裕に満ちていて危機に陥る街中でもどこか浮いて見えるのであった。

◆◆◆◆◆

デンゼルに化けた刺客とマリベルを追ってウィルが飛ぶ。

「なぜだ……!?」

待てだ返せだと追ってくるウィルに対する刺客の戸惑いは当然のことであった。

本来、人の身で扱う魔法では空は飛べないと言われている。空を飛べるのは精霊か飛行可能な幻獣と契約した者だけ。そのほとんどが高名な魔法使いとして名を残している。もしくは飛行能力を有した高価な魔道具を所持しているか、だ。

しかし、彼を追いかけてくるのは小さな子どもであった。誰が見ても高名な魔法使いには見えない。本当に小さな子ども。当然、空を飛べるような高価な魔道具を所持していることも考えられない。

白いローブの刺客たちは彼らの信仰する神の知識と組織の研究者の技術で魔道具を作り出し、飛行を可能にした。

では、追いかけてくる子どもは何なのだということになる。

(まさか、精霊と契約しているのか？　そんなバカな……)

ウィルは貴族とはいえ小さな子どもである。ウィルを知らぬ者から見ればウィルほどの幼子が精霊との契約者であるなど想像できないことであった。

「あじゃんた、もっとはやくとべないの?」

『だめよ、ウィル。これ以上の速度はウィルの体にかかる負担が大きすぎるわ』

ウィルの催促にアジャンタの声がやんわり窘めてくる。ウィルのことを大切に思うアジャンタがウィルの体を気遣わないはずがない。ノリのいいアジャンタだがそこは譲れないのだ。

『焦らないで、ウィル。今の速度でもアイツには追いつけるわ』

じりじりとだがその差は迫ってきている。ウィルの魔法の射程範囲に入るまでそう時間はかからないはずだ。

「うー！」

ウィルは早く刺客を捕まえてマリベルを取り返したいらしい。ウィルなりにマリベルのことを想ってのことだった。

追うことしばし、焦れるウィルの前で変化があった。

「来るよ！」

ウィルの声に精霊たちも反応していた。魔力の流れが前方を行く刺客に集中していく。ウィルに追われ、このままでは追いつかれると判断した刺客の魔法を放つ初動であった。

反転した刺客がウィルに杖を向ける。

「来たれ火の精霊！　火炎の魔弾、我が敵を撃ち焦がせ焔の砲火！」

意味を成した魔力が膨れ上がり、火属性の魔弾が弾幕と化してウィルに襲いかかった。子どもに向けるにはあまりにも強力な魔法だ。

しかし――。

「ちゃーんす！」

刺客の動きが止まったのを見たウィルは球形に防御魔法を展開して弾幕へと飛び込んだ。ウィルの防御魔法と弾幕が接触して爆発する。

成り行きを見守っていた刺客とマリエルが息を飲む。しかしその反応はすぐに対照的なものとなった。

「ウィルちゃん……！」

風の魔法を纏ったウィルが爆発の煙を押しのけて直進してくる。その健在ぶりにマリエルの表情が綻んだ。

一方、刺客からしてみればたまったものではない。

防御魔法があるとはいえ子どもが大人の魔法に臆することなく頭から突っ込んできたのである。力量を図り間違えば攻撃魔法が防御魔法を突き抜けることも当然ある。常識的に考えれば身を守ることを優先すべきなのだ。

それなのにウィルは平然と弾幕の真ん中を突き抜けてくる。

『ウィル……攻撃魔法に突っ込んでいくのはどうかと思うわ？』

ウィルの脳裏で樹属性の精霊クローディアが心配そうに窘めてくるがウィルの答えはシンプルであった。

「ちょっとめんどくさかったからー」

面倒という理由で敵の攻撃魔法を無視してしまうのもどうかと思うが。ウィルからすればその程度の魔法だったということなのだろう。

しつこく放たれる魔法の弾幕をウィルが防御魔法を盾に突き進む。もはやどちらが弾丸なのかわからぬ有様であった。

効果を見せない弾幕に見切りをつけて刺客が杖を引く。

その動きに弾幕を抜けたウィルがピクリと反応した。

「このっ……！」

刺客が怒りに任せて魔力を込める。先ほどの弾幕が面を打つ魔力なら今度の魔力は一点を穿《うが》つ強力なものだ。

「来たれ火の精霊！　大火の直槍、我が敵を貫け焔の光刃！」

一直線に伸びた魔法の槍がウィルをめがけて飛来する。先ほどと同じように突っ込めば如何にウィルの防御魔法が強固であっても弾き飛ばされるのはウィルのほうだ。それどころか下手をすれば防御魔法を貫かれる危険もあった。

ウィルが小さな掌を飛来する魔法の槍へと向ける。

「ほいっ」

ウィルを包み込んでいた防御魔法が形を変え、斜めに遮る壁となった。

刺客が放った魔法の槍がウィルの防御魔法の斜面に当たり、軌道を逸らす。

「ばかな……」

あっさりと魔法の槍をいなしてみせたウィルに刺客が今度こそ絶句する。

彼はこれまでの人生で多くの者に魔法の技術を称賛されてきた。自分でもその魔法の腕前に自信を持っている。

だからこそ、わかった。ウィルの魔法の才能が。

ウィルがいろいろと理解不能な行動をするため把握しづらかったが、ウィルが今見せた防御魔法を斜に構えるいなしの技術は卓越した魔法使いが用いる技術だ。

(意味不明なだけじゃない……このガキ)

皮肉にも、刺客は自身の魔法を無力化されることでウィルの魔法の実力を理解してしまった。膨大な魔力で無茶苦茶に魔法を使っているわけではない。確かな技術を持って不可能なような魔法を可能にしているのだ。

刺客との距離を詰めたウィルの魔力的な感覚が完全に刺客を捕捉する。

「ここからならとどくー!」

間合いに入ったと理解したウィルが小さな掌を刺客に向けた。

「したがえ、しゃーくてぃ! だいちのかいな、われをたすけよつちくれのふくわん!」

三対六本の土塊の腕がウィルの周りに生成されて一気に射出される。魔法の腕はそれぞれ弧を描き、刺客へと迫っていった。

包囲するように飛来する魔法の腕に刺客が舌打ちして球体の防御魔法を張り巡らせる。

刺客の防御魔法にウィルの魔法の腕がものすごい勢いで衝突した。

「こ、これは……」

刺客の目が驚愕に開かれる。

防御魔法に衝突した土塊の副腕に消える様子はなく、それどころか防御魔法を突破しようと凄まじい力で防御魔法に圧力を加え続けている。

（消えない魔法……まさかこれは生成魔法なのか？）

『土塊の副腕』はウィルのオリジナル魔法だ。当然刺客は全く知らない魔法である。だが、状況から判断することはできる。

防御魔法に衝突しても消えず、それどころか無理やりこじ開けようとしてくる魔法。腕の形状をしていることから、おそらく拘束することも可能だろう。

問題は他にもある。

攻撃魔法というのは範囲が広がれば広がるほど防御魔法を貫通する能力が落ちる。だから広範囲の攻撃魔法に対しては防御魔法も強度よりも範囲を優先し、全方位を守るように展開する。

だがウィルの『土塊の副腕』は全方位から攻撃してきても広範囲を攻撃する魔法ではない。腕の一本一本は一点集中型の魔法なのだ。つまり――。

「っ――！」

ビシリッ、という音がして刺客の防御魔法に亀裂が入る。

（あらゆる方向から同時に一点突破を図ってくる消えない拘束魔法！　そんなの反則だろ！）

完全に初見殺しである。だがいつまでも心の中で恨み言を言っている場合ではない。防御魔法に入った亀裂は徐々に大きくなってきている。このままでは防御魔法が砕かれ、魔法の腕で拘束されてしまう。

（かくなる上は――）

刺客はすぐさま切り替えて視線を腕に抱えるマリエルのほうへ向けた。その首に見えるネックレスのチェーンに手をかける。

「あっ――!?」

ネックレスを引きちぎられた痛みからマリエルが声を上げる。

刺客はマリエルから奪ったネックレスを一目確認するとマリエルから手を離した。同時に刺客の纏うローブに魔力が注がれ、次の瞬間、刺客は忽然《こつぜん》と消えてしまった。

土塊の副腕が空を切り、残されたマリエルが空に放り出される。

「きゃあぁぁぁぁ!」

「あじゃんた!」

『任せて!』

落ちていくマリエルをウィルとアジャンタの風魔法が優しく受け止めた。

「あああああ?」

悲鳴を上げ続けたマリエルが落下していないことに気づいて目をぱちくりさせる。宙に漂う不思議な感覚。そうして見上げるとウィルがゆっくりと近づいてきていた。

「もうだいじょーぶだよ、まりえるねーさま」

そう言って微笑むウィルの姿に安堵したマリエルが瞳に涙を浮かべる。泣きそうになるのを必死にこらえたのは年上としての彼女の意地であった。

「ありがとう、ウィルちゃん」

「えへへ……」

照れ笑いを浮かべたウィルが優しく手を伸ばし、マリエルがその手を取る。

マリエルはまだ刺客に怯えており、警戒して周囲を見渡しはじめた。

「あの、悪い人は……?」

「にげられちゃった……」

マリエルの質問にウィルがしゅんと肩を落とす。刺客が使ったのは魔道具での空間転移。マリエルを解放したところを見るとおそらくローブを身に着けた刺客だけを転送するひとり用のようだ。

ウィルが落ち込んだと思ったマリエルは慌ててかぶりを振った。

「いいのよ、気にしなくて。ウィルちゃんは私を助けてくれたんだもの」

マリエルにとってウィルは大の恩人になった。この小さな体で城を襲撃するような賊と渡り合い、撃退し、自分を救ってみせたのだ。

「うん……」

ウィルも納得したのかいつもの優しい顔に戻った。ひとまずの脅威は去ったのだ。解放されたマリエルの肩からも力が抜け、年相応の笑顔が戻っていた。

「ウィル」

ふたりが和んでいるとウィルの体から魔力が溢れ出し、アジャンタがふたりの前に姿を現した。

「精霊様……」

マリエルが突然現れたアジャンタに驚くがアジャンタは特に気にしていなかった。緊急時ということもあり、マリエルになら姿を見せてもいいとアジャンタ本人が判断したようだ。

「あじゃんた、どーしたのー？」

「ひとまず下に降りよう。ここに留まっていると魔獣に目をつけられるかもしれないから」

空に浮かんでいるのは相当に目立つ。それが空を舞う魔獣の目からすれば尚更だ。ウィルの力をもってすれば問題ないかもしれないが、それでも目立っていいことはない。

「わかったー」

ウィルが素直に頷いて。

アジャンタの誘導の下、ウィルとマリエルはソーキサスの大地にゆっくりと降りていくのであった。

◆

「っ……！」

唐突に訪れた着地の感触に刺客が体勢を崩す。

刺客が空間転移した先は森の中に打ち捨てられた古代遺跡の前であった。

人気《ひとけ》はない。刺客たちの拠点は別にあり、この場所に用があるのは刺客のみであった。

気を取り直した刺客が懐から手鏡を取り出す。その手鏡の魔力を止めると刺客の姿はデンゼルから白いローブを身にまとったドミトリーへと変わった。いや、元に戻ったというべきか。

ドミトリーが取り出した手鏡の魔道具は映した者の姿を模倣できる珍しい品であった。映した者が生きていることが条件であったが敵を欺くのにこれほど都合の良い魔道具もない。

ドミトリーはこの手鏡の魔道具と己の知識を持ってソーキサス帝国を混乱に陥れた。

ドミトリーは旧帝国の貴族の家柄であった。にもかかわらず彼を覚えている者は少ない。なぜなら彼が貴族として活動したのは一年にも満たない期間であったからだ。だがその家柄は旧帝国貴族であれば無視できない皇帝側近の家柄であり、歴史の古い貴族でもあった。

ドミトリーが貴族となって数か月でフィルファリア王国と交戦状態となり、そして旧帝国は敗戦。内乱で旧帝国は瓦解《がかい》し、貴族の地位を失った。

ドミトリーに残されたものは代々語り継がれてきた古いソーキサス帝国の歴史と祖父が隠れ家に道楽で集めていた魔道具の品々だけ。ドミトリーは途方に暮れるしかなかった。

そんなドミトリーに救いの手を差し伸べたのが現在の組織、白の教団である。

新たな神を信仰し、世界に秩序を齎《もたら》すというなんとも胡散臭《うさんくさ》い集団であったが、ドミトリーが身を隠すにはうってつけの場所であった。実際、その知識や技術力には目を見張るものがあり、彼らのたわ言が満更でもないと感じさせるものでもあった。

ドミトリーはそれから教団に従い、また魔法の修練にも勤しんで現在の地位を得るに至った。しかしそこに忠誠はない。信仰も他の者に比べれば微々たるものであっただろう。

そんな彼がソーキサス帝国に舞い戻ったのは己の野心に突き動かされてのことだった。貴族として人々の上に立つ。今なら皇帝の地位にすら手が届く。腰かけであった白の教団にドミトリーの野心を抑える力はなかった。

白の教団はその活動内容のひとつとしてあるものを探しており、ソーキサス帝国の古い歴史を知るドミトリーはこの地での活動に適任であった。そのため、教団はソーキサス帝国探索の任を希望するドミトリーを責任者に抜擢《ばってき》した。

全ては上手くいっていた。

ドミトリーは教団の探し物を見つけ、そしてそれを入手するための鍵も見つけた。ソーキサス帝国を陥れるために策を練り、混乱に陥れることにも成功した。人質を確保し、あとは集めた戦力でもって新帝国を打ち倒すのみ。

全ては上手く行っていた。そのはずであった。

ドミトリーにとっての不運。それはソーキサス帝国にウィルベルという小さな男の子が訪れていたことであった。

ウィルがいたからデンゼルの擬態は見破られ、ソーキサス帝国の混乱は限定的な効果しか得られなかった。

ウィルがいたから子どもたちしか人質にできず、秘密の拠点を言い当てられてしまった。

ウィルがいたからマリエルの確保に失敗し、ドミトリーは逃げ帰ることしかできなかった。

（いや、まだだ……）

どれも最悪の状況ではなく、ドミトリーが首を振る。帝国は混乱させたし、子どもたちだけとはいえ人質も確保できた。なによりマリエルが所有していた古代遺跡の鍵となるネックレスも入手できている。

状況はまだドミトリーたちに有利だ。

「神の尖兵……」

古代遺跡を見上げたドミトリーがぽつりと呟く。ここには古くから伝わる神の兵士が眠っているはずであった。

白の教団が探し求めるもの――神の尖兵とドミトリーの家に古くから伝わる話はすぐに一致した。

この力があれば帝国を落とすことも可能なはずだ。

「この力で、私は次代の皇帝になる」

ドミトリーが手にしたネックレスを確認し、ひとり遺跡の奥へと歩き始めるのであった。


「さあ、入れ」

騎士たちの誘導に大人しく従ったセレナたちは地下にある檻の中へ入れられた。

魔法の媒体になりそうなものを没収した騎士たちが見張りも置かず、牢の鍵を閉めて石畳の階段を上っていく。

その足音が遠ざかるのを待ってセレナは小さく息を吐いた。

(ここはどこかしら……?)

視界が歪んだ次の瞬間、セレナたちは屋外におり、さらに多くの騎士たちに囲まれていた。

彼らの後方にある野営のためのテントを見てもここが彼らの拠点であることは間違いなさそうだ。

問題はここが木々に囲まれた場所であり、廃墟と化した建物の名残が見えること。セレナたちが入れられている地下室もその中のひとつだ。

打ち捨てられた森の中の廃墟、ということであれば子どもたちだけで逃走するのはなかなかに難しそうであった。

そこまで考えて、セレナが思考を切り替える。

今はできることをやらなければ、と。

そんなタイミングで隣にいたニーナが唸るのが聞こえた。

「ニーナちゃん、大丈夫」

ありがたいことにさらわれた子どもたちの中には最年少のニーナを気遣ってくれる子もいる。自分たちも怖い思いをしているであろうに。

だがそんな周りの気遣いを知ってか知らずかニーナは気丈であった。

「敵に捕らわれるとは……ニーナ、一生の不覚……」

どこでそのような言葉を覚えてきたのだろうか。

ニーナの言葉を聞いたセレナは思わず苦笑いを浮かべ、気遣った子どもたちの表情も少し和らいだように見える。

それは傷を負ったハインリッヒも同じようだ。

「ふふっ——つぅ……」

ニーナの様子に笑ってしまったハインリッヒが痛みを感じて顔をしかめる。

ハインリッヒを気遣ったドワーフ族の男の子がハインリッヒを壁際に座らせた。

「大丈夫ですか、ハインお兄様？」

ハインリッヒの傍に膝をついたセレナが傷の様子を確かめる。

ダメージはあるものの、行動に支障をきたすほどではなさそうだ。

「思いの外、深手《ふかで》でなくて安心いたしました」

「本当にな。ウィルくんに障壁の手解きを受けていなければどうなっていたか……」

ハインリッヒにも障壁で防いだ手応えがあったのだろう。以前のハインリッヒでは感じ得ないことであった。

ハインリッヒの見せる余裕にセレナも笑みを溢す。そしてハインリッヒの傷に掌をかざした。

「来たれ光の精霊、陽向の抱擁。我が隣人を癒やせ、光華の陽射し」

淡く温かな光がハインリッヒの肩を覆い、傷を癒やしていく。

杖も使わず魔法を行使するセレナの姿に周りの子どもたちも息を飲む。

同じく、その光景と和らぐ痛みにハインリッヒが小さく息をついた。

「すごいね……杖もなしに回復魔法だなんて……」

「それは……」

セレナの身に着けている精霊たちの贈り物であるネックレスは敵からの認識を阻害しており、危険物として没収されていなかった。そのネックレス自体が優秀な魔法の媒体となっておりセレナは魔法を使うことができるのだ。

おそらく、今この場でまともに魔法を使えるのはセレナとニーナだけだろう。これは貴重な戦力になる。

そのことをどう説明しようかセレナが迷っているとニーナから声がかかった。

「セレ姉さま……」

「どうしたの、ニーナ？」

小声で外に気を使いながらセレナが答える。ニーナはまっすぐ牢の奥へ視線を向けたままだった。

「牢の奥に何かいる」

薄暗い牢屋の中では視界も利きづらい。ニーナが反応できたのは微かな魔力の反応を感知したからであった。

暗がりに慣れ始めた目を凝らせば、牢屋の奥に何かの塊があるのが見える。

「あ、ボルグ」

ニーナの身の内から溢れ出した魔力が風狼のゲイボルグとなって塊を確認しに走った。

ゲイボルグが鼻をすんすん鳴らし、塊を確認し終えたのか駆け戻ってくる。そうしてニーナが得たのは安心感であった。

ゲイボルグが促してくるような仕草に意を決したニーナが塊へと向かう。

その様子を皆が固唾を飲んで見守っていた。

「セレ姉さま」

塊を確認して呼びかけるニーナにセレナが歩み寄る。ふたりだけには行かせられないとハインリッヒが立ち上がり、続いて子どもたちも塊へと近づいた。

そうしてハインリッヒが見たのは——。

「デンゼル卿……」

うずくまったまま動かないデンゼルの姿であった。　暗がりではあるがひどい傷を負っているのがわかる。

何人かの子どもたちはデンゼルの凶行を思い出して距離を置こうとするがセレナとニーナは違った。

ウィルの偽物発言とこの場で傷を負って動けなくなっているデンゼル。何よりゲイボルグが目の前のデンゼルを認めている。

「こっちが本物のデンゼルさんだわ……」

ニーナが確信して、目を細める。

「ひどい怪我……きっと拷問されたんだわ……」

デンゼルの傷に致命傷はなく、全身を痛めつけられたような跡がある。殺されていなかったのは不幸中の幸いだが、酷《ひど》い状態である。

「うっ……」

デンゼルが微かに呻いて身を震わせる。意識を取り戻しつつあるのかもしれない。

「ニーナ。その傷は私では治せない。ウィルの魔法でなければ……」

「はい、セレ姉さま」

セレナが促すとニーナはセレナと同じように掌に魔力を込めた。

「来たれ空の精霊、戯れの小箱。我が宝を抱け、隔壁の間」

ニーナの前の空間が微かに歪み、そこに手を入れたニーナが小瓶を取り出した。

その小瓶に入っているのはウィルが魔法で生み出したポーションだ。ニーナたちは非常時のためにウィルの生み出したポーションを常備していた。

ニーナがウィル特製のポーションをデンゼルに飲ませるとデンゼルの傷が見る見る回復していく。

だが子どもたちの中には未だデンゼルに疑心を持つ者も多く、気を使ったハインリッヒがセレナに語り掛けた。

「本当に大丈夫なのか？」

「ええ。間違いなくこの方は本物のデンゼルさんだと思います」

「ウィルくんも言っていたが……城を襲ったのが偽物だという保証は……」

ハインリッヒたちにはわからなくても致し方ないことだ。ウィルの発言がどれほど正確なのかはウィルのことを詳しく知っている者たちにしかわからない。

だがセレナにも確信があった。

そのことをどう伝えようか迷っているとデンゼルがうっすらと目を開けた。

「ハインリッヒ皇子……」

デンゼルがはっきりしない意識でハインリッヒを確認し、無理やり体を起こそうとする。それをニーナが慌てて止めた。

「だめよ、デンゼルさん。傷は治したけど消耗した体力は戻ってないんだから」

小さなニーナに押さえられてデンゼルが困ったように寝かされる。デンゼルの立場としては皇子の前でいつまでも寝ているわけにはいかないのだが。

それでもハインリッヒはデンゼルに無理をさせなかった。

「そのままで。デンゼル卿《きょう》」

「はい……」

素直に従うデンゼルにハインリッヒが城で起きたこと、現在自分たちが囚われの身であることを説明するとデンゼルは表情を曇らせた。

「そうですか……私の偽物が……」

「セレナたちはそう説明しているが……私も含め、城を襲ったデンゼル卿が偽物だったと確証を得られている者は少ない」

「そうでしょうね……」

信じてほしいと願うのは確証がない以上、虫のいい話である。

そこに助け舟を出したのはセレナであった。

「デンゼルさん。こんなひどい目にあってもウィルが精霊魔法の使い手であることは喋《しゃべ》らなかったんですね……」

その言葉にはハインリッヒたちも驚いてデンゼルが諦めたように笑みを浮かべた。

刺客たちがデンゼルを拷問して何を聞き出そうとしたかは知らないが、幼いウィルが警戒に値するという情報は刺客たちの興味を惹くには十分なはずだ。だが刺客たちはウィルのことを全く警戒していなかった。

「私は約束を守っただけですよ……」

デンゼルはその身を犠牲にしてもウィルの秘密を守り通した。結果、トルキス家からの疑惑を晴らすことに繋がったのだ。

「本当なのか？　その……ウィルくんが精霊魔法の使い手であるというのは？」

ハインリッヒたちの驚きは無理もない。精霊魔法の使い手というのはそれほど特別な存在なのだ。幼子のウィルがそんな精霊魔法の使い手であると言われて驚かないほうが難しい。

そんなハインリッヒたちにセレナが頷いてみせる。

「はい。ですからあの場にいたトルキス家の者たちは皆、デンゼルさんが偽物だと気づいたはずです。デンゼルさんはウィルが優秀な魔法使いであることを知っていましたから」

本物のデンゼルであればウィルを警戒しないのはおかしい、と。

話を聞いてハインリッヒたちはようやく納得してくれたようだ。セレナとしてはウィルが精霊魔法の使い手であることを話してしまったが、デンゼルも知っていることであるし、この非常時だ。デンゼルの潔白を証明するには仕方がないことであった。

それよりも今は今後の動きを考えなければならない。自分たちがここにいる以上、風狼を通じてシローやウィルが居場所を特定してくれる。救出に来てくれた時にすぐに動き出せるようにしておかなければならなかった。

「ハイン兄さまとデンゼルさんはまだ怪我をしているふりをしていてくださいね。動けないと思われていたほうが都合がいいので」

囚われの状況でも冷静に振る舞うセレナに顔を見合わせたハインリッヒとデンゼルは思わず目を瞬

かせてしまうのであった。

ウィルとマリエルがアジャンタに導かれるまま、地面へと緩やかに降下していく。

落ち着いたマリエルには空からの景色という新鮮な体験を堪能《たんのう》するという余裕が生まれていた。一方、ウィルは幼いながらも自らの使命としてマリエルをしっかりと護衛している。

「ちかくにまじゅーはいないみたいー」

ウィルが気配探知の魔法で周辺の様子を探る。上空という目立つ位置にいるウィルたちであったがそれに注意を払う魔獣の反応は見当たらなかった。

その様子にマリエルは感心したようだ。

「ウィルちゃんはすごいわね。杖も使わずに色んな魔法を使いこなすなんて」

ウィルを精霊との契約者だと理解した後であってもマリエルは素直にそう感じていた。

「えへー」

マリエルに褒められたウィルが照れ笑いを浮かべる。だが、ある一点を目にしてウィルの表情が曇った。マリエルの首筋にネックレスを引きちぎられたときにできたと思われる傷があったのだ。

ウィルがマリエルに手を伸ばし、無詠唱の回復魔法でマリベルを癒やす。

「ごめんね、まりえるねーさま。うぃるがちゃんとまりえるねーさまのねっくれすをしらべていたらこんなことにはー」

「えっ？」

ウィルの謝罪にマリエルが何のことかと首を傾げる。

そのウィルの謝罪をアジャンタが否定した。

「だめよ、ウィル。以前、古代遺跡の遺物に魔力を流した時にどうなったか、忘れたわけじゃないでしょう?」

「うー」

ウィルは納得していないようだったが。

アジャンタからウィルが古代遺跡の遺物に魔力を流した結果、魔力切れを起こして倒れたのだと聞かされるとマリエルは驚いたように手を口に当てた。

「それは反対されても当然だわ。私も反対よ?」

「うー」

どうもウィルは責任を感じているらしい。しかし魔力切れを起こす危険性のあるものへの干渉など誰も許してはくれないだろう。

「ほらほら、もう少しで地面に着くわよ」

うーうー唸るウィルをあやしながら、アジャンタが先に地面へと降り立ちウィルとマリエルを迎え入れる。アジャンタの助けを借りて、ウィルとマリエルも難なく地面へと着地した。

「とうちゃーく」

「到着ね」

無事に地面に降りられてウィルとマリエルが笑い合う。

ひとまず安全を確保したアジャンタもそんなふたりに当てられて笑みが零れた。

少なくとも、安全なはずであった。

「おー……まさか空から男の子と女の子、精霊までも降ってくるなんてな……」

いきなり声をかけられてウィルとアジャンタが慌てて向き直る。

そこにはフードを目深にかぶった男がひとり、立っていた。

危機感を持ったウィルがマリエルを、アジャンタがそのウィルをかばうように位置取った。

「なんだ、おまえはー！」

「なんだと言われても……最初からいたじゃないか？　気づかなかったのか？」

「そ、そんなはずはー……」

自信がなくなったのか、ウィルの声のトーンが下がる。

ウィルは確かに魔力探知を行って周辺の気配を探っていた。そこに引っかかるものがなかったのは事実だ。しかし目の前の人物を見た瞬間、ウィルは理解した。

（この人、気配が……）

ウィルは目の前の人物の気配を探知はしていた。しかしその気配があまりにも静かで見落としていたのだ。まるで岩や木のような自然物を探知した時のような静けさ。その洗練された魔力の流れは存在感が薄いとかいうものでは決してない。

気配に敏感なアジャンタやウィルの身の内にいるシャークティとクローディアも気づかないほどの静かな魔力である。

ウィルは幼いながらも本能的に悟った。このローブの男は強い、間違いなく。

悪い感じはしないが接近に気づかないというあまり体験したことのない事態にウィルは珍しく判断に迷ってしまった。

そして、衝《つ》いて出た言葉が——。

「なにものだー！　なをなのれー！」

時代がかった誰何《すいか》であった。それだけでは終わらず。

「ひとになまえをたずねるときはじぶんからなのれ、ってれんがいってたー！」

レンに言われたことを思い出して混乱に拍車がかかったのか、ウィルが捲し立てて。

「うぃるはうぃるべる・はやま・とるきすです。よんさいです」

「落ち着いて、ウィル」

いきなり自己紹介を始める幼子に、それを落ち着かせようとする精霊。

「はぁ……」

勢いに置いていかれたフードの男は聞かされた単語を反芻して頭痛を覚え始めるのであった。

◆◆◆

（さて、どうしたものかな……）

男は一路、帝都を目指していた。その道の途中でウィルたちを見かけたのだ。

上空で巻き起こった魔力光。空中での戦闘などそうそう起きることではない。一方は大人で一方は子ども。本来なら大人が優位なのは言うまでもない。しかしそうはならなかった。

子どもは見事大人を退けてその手に囚われていた少女を救出し、精霊を伴って地面に降りてきた。

なるほどな、と男は思う。大人のほうはなぜ飛んでいたのかはわからないが、子どものほうは精霊との契約者であったようだ。非契約者が契約者と魔法の力量で渡り合うのは相当な実力がいる。

とはいえである。いくら精霊との契約者といっても降りてくる子どもは相当幼い。なんならまともに魔法を扱えるか怪しいくらいの年齢だ。そんな子どもが精霊の力を借りてとはいえ大人を撃退してみせたのである。

男としては他に身を隠せる場所もなく、厄介事だろうなとは思いつつも興味を惹かれて声をかけてみたわけだが。

返ってきたのは年相応の舌足らずな言葉と年不相応の反応であった。目視していれば気づいたはずの自分の姿を目の前の子どもと精霊は完全に見落としていたのだ。それは子どもが気配を探知する術に長けており、精霊もその感覚に信頼を置いているということを意味する。男からすればとても危ういことであった。

と、同時に。

（レンに、葉山に、トルキスとは……）

子どもの口から出てきた名前に男は胸中で嘆息した。おそらくは、いやかなりの高確率でウィルベルと名乗った子どもは自分の身内であった。大人を撃退した厄介事に巻き込まれていそうな子ども、というだけでは済みそうにない。

（名乗ってもいいが……）

自分の名前は名乗るだけでもちょっとした騒ぎになる。それに加え、君の父親の知り合いだなどと言っても信じてくれるだろうか。それを証明できるものは何もない。子どもとはいえ逆に怪しまれるかもしれない。

目の前で対峙しているウィルは変わらず男を注視している。その視線は敵対しているというよりかは珍しい気配に戸惑っているようだ。

（しょうがない……）

男はいったん適当に茶を濁すことにした。

「俺はモギモギタローというケチな商人で……」

「あっ、まいな！」

遠くから呼びかけてくるマイナに気づいたウィルによってモギモギタローは無視された。

都合よくこの場は誤魔化せたわけだが、見事な滑り具合にマリエルから同情するような視線が向けられる。

「まいなと──……れん？」

徐々に近づいてくる人影にウィルが首を傾げる。

マイナとともに駆け寄ってくる人物がいる。見た目は決してレンではない。近づけば老人とわかる。

それでもウィルが一瞬疑ったのはその人物の魔力がレンの持つ独特の魔力とどこか似ていたからだった。

「ウィル様ぁ！」

魔法で速度を上げたマイナがウィルへと辿り着き、ウィルを抱きしめる。

「むぎゅう」

「マイナは大変心配しましたよ、ウィル様！」

「ごめんなさい……」

腕の中から顔を覗かせて、ウィルはマイナが落ち着くのを待った。こういう時は大人しくしているのが一番だとウィルは学んでいるらしい。

マイナは落ち着くと今度はマリエルの前で膝をついた。

「マリエル皇女殿下、ご無事で？」

「ええ。ウィルちゃんが助けてくれましたから」

ウィルとマイナのやり取りを微笑ましく見守っていたマリエルがマイナの言葉に笑顔で頷く。

居合わせた男にとってはさらに頭が痛くなることだろう。不思議な幼児であるウィルに加え、助け出されたのが皇女だというのだから。

だが、男は反応を示さなかった。マイナの連れてきた老人と面識があったからだ。注意すべき人物として。

「なぜあんたがここにいる……」

「これはこれは、ご挨拶だね……」

ふたりの間にじわりと緊張感が漂う。それを察してか、ウィルがふたりの間に入った。

「けんかはだめよ」

子どもなりの仲裁に老人が頬を緩めて安心させるようにウィルの頭を撫でる。

「なに、喧嘩などせんよ」

「おふたりはお知り合いなんですか？」

場を取りなすようにマイナが尋ねると老人はウィルから手を離した。

「ああ。その男は君たちの家の主の古い友人だよ……なぁ、ロン・セイエイ」

ロン・セイエイ。その名を知らぬ者は少ない。冒険者ギルド最強の十傑、テンランカーの第五席。最強の冒険者パーティー【大空の渡り鳥】に所属していた【百歩千拳】の二つ名を持つ拳闘の達人。

シローの友人である。

「この方が……」

緊張感に背を正すマイナのその脇で。ウィルがポカンとロンを見上げた。

ウィルの視線に気づいたロンが首を傾げる。

「どうした？」

「もぎもぎたろーさんじゃなかった」

「聞いてたんかい……」

てっきり無視されたとばかり思っていたが。ウィルはちゃんと誤魔化そうとしたロンの言葉を聞いていたようだ。なかなかあなどれない。

マリエルが思わず笑ってしまい、何のことかと顔を見合わせるマイナと老人。

「とーさまのおともだちでしたかー」

こくこくと頷くウィル。シローの知り合いということであれば不思議な気配だったとしても納得できる。

男の正体がなんとなく知れたことで、ウィルの興味は老人のほうに向いた。

「まいなー、このおじーさん、だれー？」

好々爺然《こうこうや》とした老人がウィルを見下ろし、ウィルが不思議そうに老人を見返す。

「私の名前はマクベス。私も君の御父上と旧知の仲だよ。あいにく、私はテンランカーなどではないがね」

「はー……」

立て続けにシローの友人が現れて、ウィルは感心したようであった。

「れんとにてるまりょくのまくべすさん、おぼえた」

「……その覚え方は良くない」

子どもは正直だ。思ったことをそのまま口にする。

ウィルの言葉を無視できず、マクベスが待ったをかける。

自分の言葉の何が良くなかったのかわからず、ウィルは首を傾げた。

「れんとにてるまくべすさん？」

「……もっと良くない」

魔力どころか外見上まで似てることにされてマクベスが冷や汗をかく。ロンが口元に笑みを浮かべ、それを見たマイナもなんとなく察したが特には言及しなかった。

「私の魔力がそのレンという女性と似ていることは私と君とだけの秘密だ」

「ひみつー……？」

「そう、男同士の秘密だ。男同士の秘密というのは決して他人には喋ってはいけない。わかったかね？」

「わかったー」

真剣にそう諭《さと》して聞かせるマクベスにウィルはこくこくと頷いた。どうやらマクベスはレンと似ていることを秘密にしたいらしい、と。

「約束を守れないようであれば、私も君たちを守れなくなってしまうからな」

「それはこまりますなー」

マクベスの協力を得るにはマクベスの秘密を守るのが絶対条件のようだ。幼いウィルもそのことをしっかりと理解した。

「それで？　なんでこんなことになってるんだ？」

ひとしきりこの場の人間を把握してロンが説明を求める。幼児が空を飛んで皇女を助けるなんて状況はどう考えても異常事態だ。

マイナが帝都で起こった経緯を詳しく説明する。帝都、及び城内への襲撃。ウィルの活躍と先行して追跡に出た自分たち。

話を聞いたロンが嘆息して頭を抱えた。

「そんな大事《おおごと》になっていたのか……」

「そー！　うぃる、ねーさまたちをたすけにいかなくっちゃ！」

やる気を漲らせるウィルにロンが再び嘆息する。先ほどの戦闘を見ていればウィルが勇む理由もわかるような気がするが。

「だめだ。小さい子どもが首を突っ込んでどうにかなるもんじゃない」

「なるもーん！」

ロンに反対されてウィルが頬を膨らませる。ロンでなくとも幼いウィルが敵地へ突入するのを反対しただろう。子どもに人質救出など難易度の高い作戦をこなせるとも思えない。

「むー！　うぃるにはあじゃんただけじゃなくてしゃーくてぃとくろーでぃあもいっしょなんだから！」

今まで姿を見せていなかったシャークティとクローディアも皆の前に姿を現す。どうやら彼女らも人質救出に乗り気らしい。レヴィも一緒になって飛び出して精霊三柱に幻獣一匹となかなかに壮観である。

だがロンは首を縦に振らなかった。

「だめだ」

「なんでー？」

ウィルの自信の元ともいえる精霊たちを目にしたわけだが、ロンにはウィルを危険な場所に向かわせられない理由があった。

「坊主、お前は自分の弱点に気づいているのか？」

「ウィルちゃんの弱点……？」

話を聞いてマリエルがウィルに視線を向ける。ここまでウィルの活躍を目の当たりにしてきたマリエルにはウィルの弱点を見つけることができなかった。

ウィル本人は思い当たることがあるようで頭を掻いている。

「きづかれましたかー」

「気づかないと思ったか？」

おそらく大人ならすぐに気づくことである。現にこの場ではマリエルだけが気づいていなかった。

説明を求めるような視線を向けるマリエルにロンが答える。

「坊主は接近を許せば手も足も出ない」

「あっ……」

考えれば簡単なことであった。いかに魔法を巧みに使えるといってもウィルはまだ四歳。その運動神経は年相応のものだ。

問題は相手もそのことに気づいて対策してくるだろうということ。もうウィルがただの子どもと油断してはくれない。

「実行部隊だけが敵の数じゃない。俺の調べじゃ相当数の賊が集まってきているはずだ」

そのこともあってロンは帝都を目指していたのである。結果的には間に合わなかったのだが。

いかにウィルが優れた魔法使いであっても大勢の騎士に囲まれれば逃げ場はない。精霊の手を借りたとしても人質を守りながら戦うのは不可能に近い。

「でも、ウィルちゃんは空間転移が使えるはず……」

城内で襲われたとき、ウィルは確かに空間転移の魔法を使っていた。空間転移を使えれば自在に距離を取れるのではとマリエルは考えたのだが、これにはウィルが首を振った。

「あのまほー、みかんせーなのー」

未完成。それでも空間転移の魔法を運用に漕ぎつけるのは並大抵の力ではないのだが。

黙って話を聞いていたシャークティがマリエルにもわかるように説明してくれた。

「あの空間転移は私が指定した座標をアジャンタが確保し、そこにウィルの魔力を流し込んで発動しているの。手間がかかっている上、効果範囲も狭くてウィルひとりしか飛べないから……」

つまりウィルの使う空間転移の魔法はウィルとシャークティ、アジャンタが協力して無理やり魔法として発動しているのだ。それだけでもすごいことだが、魔法の発動中はシャークティとアジャンタがウィルに付きっ切りとなる。その上ウィルひとりしか飛べず、その距離も短いとなれば未完成というのも頷ける。ウィルが素早く動けない以上、戦闘での運用もなかなか厳しいだろう。

「うぃるもれんにおしえてもらったへんなおどりできたえてるんだけどー」

ウィルがレンに教わった動きの型を披露してみせるが四歳児がいきなり機敏に動けるようになるわけではない。

そんなウィルの様子にロンが微かに目を細める。

「どうしよー……ねーさまたち、はやくたすけたいのにー……」

ウィルは単なる我が儘を言っているわけではない。ウィルはセレナやニーナ、それにハインリッヒたち新しくできた友達を早く助け出して安心させたいのだ。すべてはウィルの優しさから出た言動であった。

そのことを知れたロンが笑みを浮かべて指摘する。

「そこは踏み出す足が逆だ」

「そうだったー、れんにもよくちゅーいされるー」

何の気なしにウィルが頷いて、それから不思議そうにロンを見上げた。

「ろんさん、なんでしってるのー？」

ウィルの疑問は尤もだ。ウィルはロンに変な踊りを見せたことがない。しかしロンからすればそれは当たり前のことであった。

「その型は体術の基本的な動きで俺がレンに教えた」

ロンはレンの師匠であり、その動きをロンが知らないはずがない。そしてレンは師からの教えをウィルに伝えていたのだ。

「れんはうぃるにいろいろおしえてくれるからー……」

ロンの言葉の意味をゆっくり理解したウィルが驚愕に目を見開く。

「ろんさんはだいししょー!?」

「……その覚え方で問題はないな」

呼び方が正しいかどうかはわからないが。ウィルが師としての敬意を持ってくれるのであれば今はそれでいい。少なくともウィルの暴走は止められる。

「大師匠なんだから言うことは従ってくれよ？」

「……それはそれとしてー」

どうやら簡単に諦めるつもりはないらしい。諦めの悪いウィルにロンは嘆息し、マクベスもさすがに笑ってしまった。

「それで、どうする？」

さすがに埒《らち》が明かないのでマクベスが間に割って入った。

子どもたちが人質に取られた以上、後手に回るわけにはいかない。こちらの体制が整ったとしても人質を盾にされればたちまち動けなくなってしまう。そうなる前に人質を救出しなければならない。

問題は今も帝都は交戦状態であり、すぐに増援を見込めないこと。行動を起こすとなれば今この場にいる人間で動き出さなければならない。

「メイドさんは坊主たちに付き添ってもらうことを考えると……」

自然と計算できる戦力はロンとマクベスだけになる。人質の護衛まで手を回すのは厳しい。

それにいくら敵が森に潜んでいるとわかってもロンたちだけでは人質の正確な居場所までは摑めない。時間的なロスも発生してしまう。

「うぃるならねーさまたちがどこにいるかわかるのにー」

ウィルが頬を膨らませる。確かに、ウィルがいればレヴィとクローディアの力で人質にはすぐに辿り着ける。ただしそれには別の問題があった。

「坊主、皇女様とメイドさんはどうする？」

「え？」

ロンに問われ、ウィルがマイナとマリエルを交互に見る。

「坊主がいれば確かに探索は楽だ。しかしふたりだけで帝都へ戻るのは危険だぞ？」

途中で魔獣に襲われる可能性も、刺客と鉢合わせてしまう可能性もある。絶対安全に帝都へ戻れる保証はない。それに街中は未だ戦闘状態である。だがウィルと精霊がいればおおよそのことには対処できるだろう。

ロンはなにもウィルを子どもだからと侮っているわけではないのだ。二手に分かれる以上、どちらも最低限の安全を確保しなければならないというだけの話だ。

ロンの言っていることを子どもながらに理解したウィルは困ってしまって肩を落とした。姉たちは助けたい。だからといってマイナとマリエルを放っておくなどウィルにできるはずがなかった。

黙ってしまったウィルに納得してくれたかと安堵する大人たち。

その様子を見ていたマリエルは意を決したように進み出た。

「話はわかりました……」

マリエルは幼いながらも聡明な子どもである。ロンたちの言葉の意味がわからない訳ではなかった。

だがそれ以上に――。

「みんなでお兄様たちを助けに行きましょう！」

恩人であるウィルのしょんぼりした顔を見るのが嫌だった。ウィルの力になりたかったのである。

そんなマリエルが自分のことでウィルを悩ませるわけにはいかない。

「みんなで行けば、私やトルキス家のメイドさんを守るためにウィルちゃんが帝都に戻る必要はないわ！」

名案と言わんばかりに表情を輝かせるマリエルを見て、しょんぼりしていたウィルもみるみる表情を輝かせ始めた。

「ウィルちゃん、また私を守ってくれる？」

「うん……うん！」

手を取り合う子どもたち。その連携に決定的な頭痛を覚えたロンがマイナに視線を向ける。

マイナもいろいろと考えを巡らせたが、諦めたようにため息を吐いた。この場の最高権力者はマリエルなのである。その言葉であればトルキス家に仕えるマイナがとやかく言える立場にはない。もちろん、勇気と無謀をはき違えているのであればその限りではないが。

ウィルや精霊たち、ロンもいて全く無謀とも言い切れず。それに後詰めがないわけではない。

ツチリスのブラウンが小さく鳴いてウィルの手の上に下り立った。

「ぶらうんもたすけてくれるの？」

どこか誇らしげに胸を張る小さな幻獣にもウィルは励まされる。

「あんたの幻獣か？」

「いえ。契約者はトルキス家に仕える他の従者です」

ブラウンを目印に契約者のエジルが仲間を率いて応援に駆けつけてくれる手筈になっている。それを聞くとロンの気も少しは楽になるのだが。

(なんでこんなことになってるんだか……)

ロンもまさか子守をしながら人質救出をする羽目になるとは思いもよらなかっただろう。

そんなロンの想いとは裏腹に、救出に向かえるウィルはとても嬉しそうだ。あまりに無邪気で状況を理解しているのか不安になってくる。

「そうだ!」

ウィルがなにか思いついたのか掌をかざす。そこに空間の歪みができ、ウィルはその中から精霊のランタンを取り出した。

精霊のランタンの底を取り外し、中から何かを取り出す。

「はい、これー」

そうして取り出したものをロンとマクベスに手渡した。

「これは……?」

手渡されたのは銅貨であった。ウィルが家の手伝いをしてもらったお小遣いである。一般的な貴族と違い、元々貴族ではなかったトルキス家には手伝いをしてお小遣いをもらうという風習が残っているのだ。

ウィルは多くの魔獣を倒し、その素材分の料金がフィルファリア王国によって支払われているのだが額が額だけに大人たちの管理下にあり、ウィル自体はそのことを気にも留めていない。ウィルは普通の子どもたちと同じようにしてお小遣いを得ているのである。

「それはウィル様がお家のお手伝いをして貯めていた銅貨では？」

「いいの！」

マイナの指摘にウィルは笑顔で答えるとロンとマクベスに向き直った。

「そのおかねでまりえるねーさまとまいなとねーさまたちをまもってください！」

まだ幼いウィルが相場を理解するのは難しい。銅貨一枚では駆け出し冒険者を雇うこともできないのだ。

しかしウィルはせっかく貯めたお小遣いを姉たちのために使おうとしている。その気持ちが伝わらないロンとマクベスではなかった。

「しょうがない。雇われてやるか……」

ロンの言葉にマクベスも異論はないようだ。ふたりはポケットに銅貨をしまい込んだ。

「さて、森までは距離があるぞ？　どうやって行く？」

この場に適した乗り物は当然ない。

ロンの問いかけにウィルは嬉々として手を上げるのであった。

◆◆◆

「したがえしゃーくてぃ！　つちくれのしゅごしゃ、わがめーれーにしたがえつちのきょへー！」

小さな両手をかざしたウィルの前に魔法のゴーレムが組み上がっていく。

大きさは三メートルほど。しかしその体躯は魔法の練度を示すようにまるで巨大な騎士のようであった。

「わぁ……」

ゴーレムの雄々しさにマリエルが感嘆の吐息を漏らす。

それに気を良くしたウィルがさらに腕を振り上げた。

「まだまだいくよ！　こねくと、したがえあじゃんた！　はるかぜのぐそく、はやきかぜをわがともにあたえよおいかぜのこーしん！」

【春風の具足】を接続されたゴーレムが淡い緑の燐光《りんこう》を身に纏う。その姿は誰の目にも神秘的であり、壮観だ。

「あじゃんた、おねがーい」

「任せて、ウィル」

ウィルが促してアジャンタの防御魔法がみんなを取り囲む。防御魔法はそのまま浮かんでゴーレムの背中に張りついた。

ウィルとマリエルを肩に乗せ、大人たちを背負ったゴーレムがまっすぐ森を見つめる。

「すごいわ、ウィルちゃん」

「えへー」

ゴーレムの頭越しに笑顔を見せるマリエルにウィルは照れ笑いを浮かべた。

「ほんとはおっきなごーれむさんもつくれるんだけどー」

ウィルも人質を救出するためには敵に見つからないほうがいいと理解しているようだ。そのためゴーレムを小さく作ったのだ。しかし込められた魔力に加減はしていないようで。

「このごーれむさんはおっきーのとおんなじだけまりょくをつかったごーれむさんなんだー」

巨大ゴーレムを作るのと同じだけの魔力を小さなゴーレムに込めている。

実際、大きな魔法を大きく形成するのはそこまで難しくはない。魔力が足りていて魔法が成立すれば発動するからだ。しかし大きな魔法を小さく形成する場合、膨大な魔力を滞りなく循環させたまま形を維持させなければならず、ロスなく成立させるには相当な技量が必要になる。

ウィルは何でもないように言ってのけるが誰にでもできる芸当ではない。

「それでは、しゅっぱーつ！」

ウィルの元気な掛け声に呼応してゴーレムの目が光る。目指すは遠目に広がる森の入り口。

身を屈めたゴーレムが大地を蹴った。

「「「――――っ⁉」」」

土属性のゴーレムでは想像できない強烈な加速に全員が息を飲む。たった数歩で高速に達したゴーレムが風を切って街道を走る。

「すごい、すごいっ！」

マリエルの目が輝きを増す。ウィルはマリエルの知らない景色をたくさん見せてくれる。国が、兄が大変だというのにマリエルの心は躍ってしまった。

そんなマリエルに気を良くしたのか、ウィルが高らかに告げる。

「もっともっと、ごーれむさん！」

ゴーレムが最高速度に達し、遠くにあったはずの森がだんだんと近づいてきた。

その光景はロンにも驚きのものであったが、いつまでも驚いてばかりはいられない。

「坊主、一度森の前で止まれ」

このままの速度で森に突っ込まれてはかなわない。

そう危惧したロンの忠告にウィルが元気よく返事を返す。

「りょーかい、だいしょーぶ！　こんどはまちがわない！」

「……今度は？」

何やら不穏な単語が後からついてきて、ロンは動きを止めてしまうのだった。


「坊主……」

「なんでしょー？」

「今度、機会があったら減速を覚えようか……」

「あー……」

ロンの提案にウィルはこくこくと頷いた。

ゴーレムは森に突入することなく、その手前で静止している。しかしウィルが急激な減速を図ったため、ゴーレムの後方には数十メートルにわたって豪快な溝が二本出来上がっていた。上手に止まれましたとはとても言い難い。

「あうー……」

そのことを理解してか肩を落とすウィルをマリエルが笑顔で励ました。

「次こそは頑張りましょう、ウィルちゃん」

「がんばるー」

失敗はしたが、思ったよりは落ち込んでいない。ウィルは顔を上げた。

ウィルたちは今、一度ゴーレムから降りている。

レヴィを抱き上げたクローディアが樹を介して森の様子を探り、シャークティはウィルが掘ってしまった溝を修復してくれている。ロンたちも森の入り口に目を向けているようだ。

「相手がこちらの様子を窺っている気配はないな」

ロンの見立てどおり、騎士の姿は見えない。だが人質を取った以上、こちらの反撃も予想しているはずだ。拠点が知られていないと思っていたとしても無警戒であるはずがない。

(想像以上にこちらの反撃が早かったか……)

マイナから聞いた話だとウィルが追いかけていた刺客にはこちらが拠点の位置に目星をつけていることは知られている。

「騎士たちと刺客は別行動を取っている可能性もありますね」

ロンと同じように考えていたマイナの予想はおそらく正しい。刺客たちは人質を二手に分けることで帝国と人質の両方の動きを縛ろうと考えていたのだろう。マリエルのネックレスも狙いに入っていたようなので刺客たちにも都合がよかったはずだ。

（坊主の運がいいのか、刺客たちの運が悪いのか……）

ウィルさえいなければ、刺客たちの思惑どおりだったに違いない。現状はウィルの介入で刺客たちは思ったほど成果を得られていない。しかもそのことに気づいているかどうかも怪しい。人質を取ったことで気が緩んでいるとしたらチャンスだ。

（とはいえ、人質がいつまでも無事という保証はない。急がないとな……）

ロンがウィルとマリエルに視線を向ける。森の中には刺客たち以外にも魔獣がいる。子ども連れで道中を急ぐのも難しいのだが、どうするか。

そんな風にロンが思考を巡らせているとクローディアがこちらに戻ってきた。

「なんかわかったー？」

尋ねてくるウィルにクローディアが笑顔で頷いてレヴィをウィルに返す。全員が集まったことを確認してクローディアが森の様子を説明し始めた。

「森の中に不自然な魔力の空白地があって、レヴィの感覚からその空白地にセレナさんたちがいるのは間違いなさそうです。あと、魔獣の密度が濃いのも少し気になります。おそらく空白地に押し出されて魔獣たちも過敏になっているのかと思います」

地面に読み取った森の情報を書き記すクローディア。さすがに森が広大なため、すべてを記すことはできないようだが空白地の位置関係も知れて非常にわかりやすかった。

説明を聞きながら気づくことがあってマイナが顔を上げる。

「帝都へ向かう道中、リザードの群れが商隊を襲っていましたが……ひょっとしたらあれは森の空白地が影響していたのかも……」

あのリザードたちは元々この森の近辺で目撃されていた魔獣だ。その可能性は大いにある。

「不自然な空白地というのはおそらく魔道具か何かで結界を張ったのだと思うが……」

「魔獣の行動範囲にまで影響を及ぼし始めているのが気になるな……」

マクベスの言葉を継いでロンが懸念を付け加える。

そんな大人たちの会話を見上げて聞いていたウィルがこくんと首を傾げた。

「すると……どーなる？」

どうやらウィルには大人たちの危惧が伝わっていなかったようだ。

小さく嘆息したロンが丁寧にウィルに言い聞かせる。

「思いもよらないところで魔獣に襲われたり、何らかの影響を受けた魔獣が狂暴化したりすることもある」

「きけんがあぶない？」

「……その認識で間違ってないな」

ロンにウィルの言葉の誤りまで正す気はないらしい。

「人質を救出するには余計な戦闘は避けたい。魔獣が活動範囲を広げているならより慎重に行動しなければならないが……」

魔獣との戦闘で敵に接近を気づかれては元も子もない。しかし魔獣を避けて時間を浪費するのもあまりいいことではなかった。

(俺とじじいが先行すれば……それでも無理があるか……)

ロンとマクベスが可能な限り迅速に魔獣を排除したとしても、他の魔獣が血の匂いに誘われて集まってくる。力にモノを言わせる行動は得策ではなく、ロンはすぐにその作戦を却下した。

結局はウィルとマリベルを連れて隠密行動するしかないのだ。

「ふむ……」

理解したのかどうなのか。話を聞いたウィルが思案して。なにか閃いたのか、ぽんと相槌《あいづち》を打ってみせた。

「……何か思いついたの、ウィル?」

「えっとねー」

ウィルがシャークティの耳に思いついたことを打ち明け、それを聞いたシャークティが頷きを返す。

「名案だと思うわ」

「やってみるー」

シャークティの了承を得て、ウィルがまた掌に魔力を込めた。

「したがえしゃーくてぃ！　つちくれのししゃ、わがめーれーにしたがえつちのせんし！」

ウィルの魔力が意味を成し、合計四体のクレイマンが姿を現す。そのクレイマンにウィルが魔法を重ねがけした。

「こねくと、きたれきりのせいれいさん！　あさぎりのみかがみ、わがみをうつせすいむのすがたみ！」

クレイマンの姿がウィルの魔法に覆われてその姿をウィルへと変える。それだけでも驚くべき光景だがウィルの魔法はまだ終わらない。

「こねくと、したがえあじゃんた！　はるかぜのぐそく、はやきかぜをわがともにあたえよおいかぜのこーしん！」

三重に重ねられた魔法の結果を見たロンたちが思い思いの表情で驚きを露わにした。

「これはこれは……」

「魔法ってこんなこともできるのね」

マクベスとマリエルは素直に表情を綻ばせ、ロンは平静を装いつつも小さく息を飲む。

（とんでもねぇな……）

大人にも負けない魔法強度。魔法同士を掛け合わせるという独特な発想。それを可能にする緻密《ちみつ》な魔力コントロール。加えてこれだけ魔法を連発してもウィルに疲れた様子はない。

精霊と契約しているとはいえ子どもとは思えない魔法能力である。

「えへへー」

そんなウィルは実に子どもらしい笑みを浮かべてロンを見上げていた。すごいでしょ、褒めて褒めて、と。

根負けしたロンが微かに笑みを浮かべてウィルの頭を撫でた。

「すげぇよ、坊主」

「えへー」

認められて嬉しかったのか、ウィルの表情が一層緩む。それから嬉々として魔法の説明をした。

「このくれいまんさんはねー、ぶらうんにおしえてもらったたんちまほーがつかえるんだー」

ウィルはクレイマンたちを自分たちの周辺に配置して広範囲の索敵を行おうとしているのだ。

ウィルの説明に疑問を覚えてロンがマクベスのほうに視線を向ける。

「契約してない幻獣の魔法って使えるようになるものなのか？」

「この子は魔力の流れを目で見ているそうだよ。あまり聞かない話だが、この子には使えるのだろうな」

どうやらロンの常識は留守のようである。

何でもありなウィルのことを推し量れず、諦めたように嘆息してロンがウィルの好きなようにするように促す。

了解を得たと理解したウィルが嬉しそうに指示を出してクレイマンたちを配置につかせた。

「申し訳ございません、ウィル様が我が儘を……」

頭を下げるマイナにロンが手をひらひらと振ってみせる。

トルキス家に仕える者としてマイナは知っていたはずだ。ウィルならこれくらいのことはできると。

そうでなければウィルが人質救出に向かうことを許したりはしない。そしてロンがシローの息子であるウィルを守ろうと動くことも折り込み済みなのだ。

（なんつーしたたかなメイドをつけてんだよ……）

実際にマイナを動かしたのはセシリアなのだが。ロンが呆れるのもわかる話だ。

そんなマイナと少しばかり付き合いの長いマクベスも彼女の意図に気づきつつ笑みを絶やさないで

いる。

「マクベスさんも申し訳ございません。危険なことに巻き込んでしまって……」

「なーに、構わんよ。そういう約束だからね」

快く引き受けるマクベス。

マイナはマクベスの実力を知らない。シローが信頼を置いているという点とマイナの速度についてこられるだけの健脚《けんきゃく》であるという点で弱くはないと感じているが、それだけである。

そんなマイナの懸念を払拭したのはロンであった。

「俺もじじいもその辺の奴らに後れを取ったりしねぇよ。ちゃんと坊主どもを親元に返してやる」

「……はい」

少しぶっきらぼうなところはあるがロンの言葉には不思議と安心させる何かがある。それがテンランカーとしての信頼か、ロンの姿勢がそう感じさせるのかマイナにはわからなかったが。

「まいなー」

そんな大人たちの間にウィルの元気な声が割り込んできた。

「どうしました、ウィル様?」

「あのねー、みんなとそーだんしたんだけどー」

ウィルが後ろに居並んだ精霊たちに視線を送る。

「あじゃんたがねーさまたちのとこにいってくれるってー」

「ウィルも心配だけど、捕らわれたお姉さまたちも心配だからね」

どうやらアジャンタが先回りしてセレナたちの護衛についてくれるらしい。精霊であれば敵に気づかれずに潜入することも容易だ。ウィルと契約で繋がっているアジャンタと救出のタイミングを合わせることもできる。

自然とこの場の指揮をとる形になったロンのほうへ視線が集まった。

「わかった。お願いしよう」

「あじゃんた、おねがいねー」

「まかせて！」

アジャンタが快く引き受けて空に飛び立っていく。アジャンタがセレナたちの下に辿り着けばひとまずは人質たちも安全だろう。ウィルの心配も少なくなる。

「いこー。みんなをたすけなきゃ！」

ウィルとマリエルがゴーレムに乗り込み、大人たちはいつでも動き出せるように歩いて。

その周りにクレイマンを配したウィルたちは静かに森の中へと進行した。

◆

「また派手に暴れたものだな、ウィルは……」

室内を見渡した一片がその破壊っぷりに思わずそう呟いて苦笑する。

床から突き出た土の槍や樹の顎などを見れば誰でもそうなる。もう少し部屋を傷つけない魔法はなかったものか。賊が侵入して破壊したものよりもウィルが反抗して破壊したもののほうが圧倒的に多かった。

そんなあきれかえる一片の背後ではシローたちが集まって状況確認をしているところだ。

城内に溢れた魔獣は既に討伐し終え、今は街中の一部で掃討《そうとう》戦が行われている。召喚された魔獣の攻勢は一時的に勢いを増したものの騎士や冒険者の奮闘もあってしのぎ切った。目立った被害の報告もされていない。

ただ騒動を起こした白いローブの刺客たちは魔獣を召喚するだけして撤退しており、ひとりとして捕まっていない。どうやら主な役割は城内を襲撃するための陽動だったようだ。

騎士たちからの報告を聞き終えたレオンハルトは少し離れて待っていたシャナルを招き寄せた。

「よもや、狙いが城内に避難した子どもたちであったとは……」

レオンハルトも子どもたちを戦いから遠ざけるために迎賓館に匿ったのだが。それが裏目に出るなどとは思いもよらないことであった。

目の前で子どもたちを連れ去られ、項垂《うなだ》れるシャナルの肩にレオンハルトの手が触れる。

だが、いつまでもそうしているわけにはいかない。連れ去られたのは自分たちの子どもだけではないのだ。そして子どもたちを取り返そうと動き出している者たちもいる。

レオンハルトがシャナルから手を離し、シローへと向き直った。

「シロー殿、城内を襲撃したデンゼルをウィルが偽物呼ばわりした話……信じてよいのだろうか？」

もし帝国貴族が子どもたちの誘拐に関わっていたとなれば信用問題になる。レオンハルトとしてはウィルの言うように偽物であってほしかった。

ドワーフのオリヴェノたちもシローを注視する中、シローはしっかりと頷いた。

「はい。トルキス家の者たちは城内を襲ったデンゼル卿が偽物だったと確信しております」

「なぜ、そう言い切れるのです？」

ドワーフを代表してオリヴェノが素直な疑問をぶつけてくる。彼らからすれば幼いウィルが騒ぎ立てたようにしか映らない。ウィルのことを知らなければ自然な反応であった。

シローは静かに口を開いた。

「ウィルは……」

ウィルの能力を明かす相手は信用できる者でなければならない。

シローもそのことはよく理解している。しかしこの場にいる全員を把握しているわけではないので信用できる者であるかどうかはわからない。

告げるリスクはある。

だがこの非常時において、一度は綻びかけたソーキサス帝国とドヴェルク王国の絆をウィルの能力を伝えることで結び直すことができる。それはきっとウィルが望む両国の姿のはずだ。

心中で意を決したシローが続ける。

「あの子は精霊との契約者です。そのことはデンゼル卿も知るところ……しかし、襲撃してきたデンゼル卿はウィルが精霊魔法の使い手であることを知らない様子だったと。これはあまりにも不自然」

「それは……しかし、それだけでは……」

ドワーフたちにとっても精霊や幻獣は信仰の対象である。しかしそうであったとしても状況的に不審な点が多いというだけで簡単に納得できる要素はない。

実際、デンゼルがウィルに注意を払っていなかったことはトルキス家の者たちが不審に思った原因でしかない。ウィルはもっと別のところで騒いでいたのだ。

「それに加え、ウィルは魔力の流れを視覚として捉えることのできる……俗にいう魔眼を有しています。いかに魔法で変装していても、あの子の目にははっきりと違う人間が見えていたはずです」

「魔眼……？」

ドワーフだけではなく帝国貴族たちも騒めく。その存在はおとぎ話や伝承で伝わる能力である。

それをウィルは有している、と。

「ウィルが幼くも他国へ赴いたのは人の中に理解者を得るためだ」

話に加わった一片がシローの後を続ける。どうやらウィルの破壊の痕ツアーは終了したらしい。

「突飛な力など悪用して己の利益にしようとつけ狙う者の対象になりかねんからな」

一片の言うことももっともな話だ。もしウィルにそれだけの力が備わっているというのであればウィルを狙う者が現れても不思議はない。ウィルの安全のためにも理解者を得ることは大切なことだ。

いきなり伝説的な力の話になってオリヴェノたちが反応に窮する。魔眼の存在は伝わってはいるが実際に見たことがある者などほとんどいない。

そんなオリヴェノたちの様子に一片は満足気であった。語る言葉にも興が乗ってくる。

「我々は地の大幻獣レクスの進言も受けてこの地に来た。同盟はウィルの理解者を得やすくするためと言っても過言ではない。このことはフィルファリアの王も望んでいる」

「フィルファリア国王が……」

つまり、大幻獣レクスの進言を受けたフィルファリア国王はウィルの理解者を得るために同盟を望んだ、と。もちろんそれだけではないのだろうが、ウィルを保護することが大きな割合を占めているのは間違いないだろう。

一国を動かすお子様などと話がだんだん大きくなってきて、とうとうオリヴェノたちは動かなくなってしまった。

それはウィルを気に入る一片からは絶景であった。思わず笑みを浮かべてしまうほどに。

「当然であろう。ウィルが成長し、より多くの魔法の知識に携わることになれば、どれだけの発展に寄与することになるか……少なくとも千年近く停滞気味であった魔法技術は間違いなく花開くことになる」

そうなった時にソーキサス帝国は、ドヴェルク王国はウィルの恩恵の内にいるのか外にいるのか、という話だ。フィルファリア国王はウィルの恩恵の独占は望んでおらず、他国にもウィルを見守ってほしいと願っている。

「話が少し脱線してしまいましたが……」

調子に乗り始めた一片を窘めるようにシローがひとつ咳払いをする。

「ウィルがデンゼル卿を偽物だと告げた以上、トルキス家にそれを疑う者はいないというわけです」

「うむ……」

シローの説明を聞いて頷いたレオンハルトがオリヴェノたちに視線を向けた。

「どうだろう、オリヴェノ殿?」

「どうと言われましても……」

トルキス家の者たちがそこまではっきりと告げるのであれば、今は信じるより外にない。詳しい話はウィルに聞いてみないとわからないことだが、そのウィルはマリエルを救出するために飛んで行ってしまっている。確認しようがなかった。

「大方、両国を混乱させて時間を稼ぐために策を弄《ろう》したのだろう。よかったな、ウィルがこの場にいて」

どこか自慢げな一片にレオンハルトも苦笑してしまう。確かにウィルがいなければ敵の拠点も狙いもわからなかった。ウィルだけがそれを看破できたのである。

(まるで何かに導かれたかのようだ……)

レオンハルトがそう感じるのも無理のないことであった。規格外の幼子だと知った後でもウィルの笑顔を思い浮かべると不思議と心が温まる。

「トルキス家の騎士殿」

「は、はいッス!」

レオンハルトが脇に控えるトルキス家の家臣に声をかけると彼は跳ねるように背筋を伸ばした。

【大地の巨兵】モーガンとともにトルキス家に召し抱えられることとなったポーである。

可哀そうなことに、彼は街の防衛のために残り、仲間内からシローたちへの伝言役として抜擢されたのである。シローだけなら緊張することもなかったのだろうが相手が皇帝であるなら話は別だ。一介の冒険者だったポーに皇帝と会話を成し遂げるスキルが備わっているはずがない。

トルキス家の家臣は古株を除いてみんな同じようなもので、年若いポーに押しつけてしまったのだ。

硬直するポーにレオンハルトが構わず続ける。

「トルキス家の者たちが幾名か、ウィルの後を追ったという話だったね」

「はいッス！　メイドのマイナさんとマクベスとかいう老人が先行して、持ち場を鎮圧した後にレンさんが指揮を執って部隊を編成、ウィル様を追跡していったッス！」

どう聞いても皇帝陛下と交わしていい口調ではないのだが。見るからに緊張で固まってしまっているポーを見て、非常時にとやかく言う者は現れなかった。雇う側としてシローたちが少し恥ずかしいというぐらいのものだ。

それよりもシローは別のことで少し安堵していた。

（マクベス……動いてくれたか……）

シローが協力を取りつけたマクベスは知り合いではあるものの仲間ではない。むしろ過去に一戦交えたことのある相手だ。

ある理由から協力を断らないであろうと予想はしていたが、どれほど力になってくれるかは未知数であった。それがウィルに付き添ってくれているとなると正直、心強い。

「シロー殿」

「はっ！」

レオンハルトに呼びかけられてシローが姿勢を正す。レオンハルトの口から出てくる言葉はある程度予想できたものだった。

「子どもたちを救ってもらえないだろうか？」

相手の拠点を知ることができたとはいえ、森の中に部隊を入れるのは難しい。人数が多くなればなるほど魔獣を刺激してしまい、そうなれば敵にも容易に発見される。

だが、シローひとりであれば。魔獣を極力刺激せず、セレナたちの気配を辿って子どもたちの下へ辿り着くことができる。実力も申し分ない。

当然、森のアジトへの単独潜入などセシリアはいい顔をしないだろうが。今からならウィルを迎えに出たレンたちとも合流できるはずだ。セシリアにはそれで納得してもらうしかない。

「畏まりました。必ずや子どもたちを救ってみせます」

ウィルがマリエルを追ってからだいぶ時間も経つ。その気配は高速で移動してからゆっくりになった。しかも離れていっていることから考えると敵のアジトのある森に入ったと考えるのが妥当だ。

シローがレオンハルトに略式の敬礼を取って踵を返す。その後ろに一片が続いた。

「あなた……」

「心配しなくても大丈夫」

見送りに近づいてくるセシリアの肩にシローが手を置いて微笑みかける。シローや一片は風狼の気配を頼りに子どもたちの安否を確認できる。そのことを言っているのだと理解したセシリアの表情が幾分和らいだ。

「お気をつけて。子どもたちをよろしくお願いします」

そう頭を下げるセシリアの向こう側に同じく心配そうに見守る貴族の婦人たちがいる。皆、我が子を連れ去られた者たちだ。その視線の意味をしっかりと理解し、シローの表情が引き締まる。

「行ってきます」

シローがセシリアから手を下ろし、そっと離れる。そのまま、シローは子どもたち救出に歩き出した。

「誰の表情もこれ以上曇らせはしない。行くぞ、一片、アロー」

「承知」

「了解」

自身の背に幻獣と精霊を従えて、意を決したシローは足早に城を後にした。

◆◆◆◆

帝都の南には旧街道が残る大きな森が広がっている。

遥か昔、人々はその街道を行き来していたのだがその地に住まう魔獣の力が増し、放棄を余儀なくされた。

「今の帝都があるのはその時代の人たちが頑張ったからだな」

侵食する領域に対し、後退をしたものの踏み止まったのが今のソーキサス帝国である。その頃からソーキサス帝国は身近な脅威に対抗すべく、軍事国家としての道を歩み始めた。

一方、拡大の収まった領域は森に覆われて人々の侵入を拒んだ。

監視する帝国と森と化した魔獣の領域。現在は冒険者たちの収入源として帝国が管理している状態だが、深部の魔獣は屈強で帝国側もおいそれと手出しはできず、攻略難易度は高めに設定されている。

「初めて森に入りましたけど……」

ロンの説明を聞きながらゴーレムの掌に乗ったマリエルが息をつく。

木々の隙間から零れる光がところどころを淡く照らし、幻想的な雰囲気を醸し出している。知識として森が危険であると理解していても、目の前に広がる光景は容易くそのことを忘れさせそうであった。

「思わず見入ってしまいますね」

「きれーだよねー」

隣で同じように身を乗り出したウィルが同意する。

そんなふたりの様子にマクベスが小さく笑って顎髭を撫でた。

「自然の作り出す景色は時として我々の想像を遥かに超える美しさを持つものだ。人の手によらない芸術に心動かされるのだろう。しかし、その環境に適応できているのは大抵の場合、我々ではなく魔獣のほうだ。いかに美しくともそのことを忘れてはならないよ」

「は、はい」

やんわり注意を促され、マリエルが焦って頷く。

ここは既に森の奥深く。本来であればいつ魔獣に襲われても不思議はない場所だ。そうならないのはウィルが生成したクレイマンの働きであった。

ウィルたちを囲むように四方へと展開したウィル型クレイマンたちが探知魔法を駆使して周辺を警

のだ。

戒している。その魔力による探知は幻獣であるブラウンの魔法をウィルが見よう見まねで習得したものである。

本来であればこの魔力探知、自身の存在を隠しながら行うものである。現にブラウンはそうしている。

しかしウィルの場合、展開する魔力が強すぎて自身の存在を隠し通せていなかった。つまり探知はできるが魔力に敏感な魔獣たちにはウィルの存在が筒抜けなのである。

これがどう影響を及ぼすかというと、魔獣たちには膨大な魔力を誇るなにかが周辺の気配を探りながらゆっくりと進行しているように映るのである。警戒心のある魔獣がその探知魔法から距離を置くのも簡単な理由であった。

そして蛮勇、あるいは好奇心に駆られた魔獣は小さな男の子の姿をしたクレイマンを見ることになるのである。

「みてみてー」

何かを捕まえたのか、ウィルがロンたちを見下ろしてくる。そうして脇から姿を見せたウィル型クレイマンが何かをロンたちの前に放り出した。

「こっちきたからつかまえたー」

嬉々として報告してくるウィルにロンが軽く頭痛を覚えて頭を押さえる。その正体はウィル型クレイマンの倍以上はある鰐《わに》型の魔獣であった。

「リーフカイマン……」

ロンがピタリとその魔獣を言い当てる。ご丁寧に口と体を樹属性魔法の蔓で縛られて身動きの取れない状態であった。

どこか誇らしげに胸を張るウィル型クレイマン。

リーフカイマンは強靭な顎と爪を有し、草木に紛れて獲物を襲う狡猾な魔獣である。その体を葉に似せるためか時折草木を食することでも知られており、体長は他の鰐型魔獣に比べて大きくはないものの、優れた隠密性を誇っている。

間違えても子どもが相手にしていい魔獣ではなかった。

「これ、たべれるかなー？」

「食べるの？」

ウィルの疑問にマリエルが苦笑して聞き返す。

まだ幼く、魔獣の素材に価値を見出せないウィルは魔獣を食べられるか食べられないかで判断している節がある。それは魔獣を狩る上で正しいことではあるのだが。今、捕食対象はベテラン冒険者も手を焼く鰐である。

「案外うまいらしいぞ」

「おー」

リーフカイマンの味について知識のあるロンが端的に告げてウィルが興味に目を輝かせる。

だがロンは手を振ってウィルに釘を刺した。

「今は駄目だぞ。人質を救出しなきゃならん。絞めて解体している時間はない」

「おー……」

納得したように頷くウィル。そうして見下ろされたリーフカイマンは自分が捕食対象になっていることを理解しているのか、拘束から抜け出せないかと身じろぎしている。

「そーだった。うぃる、ねーさまたちをむかえにいかなきゃ」

残念ながらリーフカイマンは解放することになったようだ。ウィル型クレイマンが軽々とリーフカイマンを担ぎ上げて草木の向こう側へ消えていった。おそらく適度に離れたところで解放してやるのだろう。

ウィルが作業を終えるのを皆で待つ。

「にがしてきたー」

「くれぐれも油断しないでくれよ？」

「はーい」

ロンの忠告にウィルが元気に返事して。

あることに気づいたロンは思わず自嘲してしまった。

（油断しないでくれ、だと……？）

ウィルはまだ小さな子どもで本来なら大人たちに守られるべき存在である。それなのにテンランカーである自分が周辺の魔獣に対して警戒を怠るなと注意しているのである。

（そりゃ、相談のひとつもしたくなるわなぁ……）

なぜシローが解散した仲間たちを呼び出したのか。その原因を目の当たりにしてロンがシローに同情する。明らかに突出した力。それを我が子がこの幼さで発揮してしまったら誰だってそうなる。

「先に進もう」

気を取り直したロンが歩き出そうとして。動きを見せないウィルに気づいて顔を上げた。

「どうした？」

ウィルはじっと森の先を見ていた。先行するウィル型クレイマンが放つ探知魔法に何かが警戒なく踏み込んできたのだ。それが何であるか、ウィルはすぐに理解してクレイマンを動かした。

「つかまえた！」

「なにを？」

また魔獣か何かを見つけたのだろうか、と。

大人たちが首を捻る中、遠くからわめく声が聞こえて草木をかき分けたウィル型クレイマンが何かを担いで戻ってきた。

「くそっ！　離せ！」

「なんなんだ、あんたら！」

「我々が何をしたというんだ⁉」

並べて置かれたそれらを見たロンが思わず頭を抱える。

樹属性魔法の蔓で縛り上げられたそれは見るからに冒険者の風体をした三人組の男たちであった。

「坊主……放してやれ」

ここは冒険者に開放された森である。自分たち以外の人間に鉢合わせることも珍しいことではない。

中には街に戻れない犯罪者が森に潜伏していることもあるが、この森はそういった類の者たちが潜伏するには危険すぎる。

すぐに開放すれば勘違いで済まされる。そう思ってロンはウィルに促したのだが。

ウィルはふるふると首を横に振った。

「いや！」

一瞬、ウィルが駄々をこねているのかと思ったが違った。

「このおじさんたち、わるいきしさんたちのなかま！」

「……なんだと？」

ウィルの発言にロンが眉根を寄せて男たちを見下ろす。

考えてもみれば、騎士たちが偵察を送るのに目立つ騎士の格好で動き回るはずがない。団体行動で一番自然なのは冒険者を装うことで、この森には冒険者を装って得をする犯罪者が潜伏していることは確定しているのだ。

ウィルの言うことも一理あってロンが男たちに対する警戒心を引き上げる。

一方、落ち着きを取り戻した冒険者たちはその場に座してウィルたちを睨みつけていた。

「坊主。なんでそう思う？」

なぜウィルが冒険者たちを敵の騎士だと判断したのか。ロンが静かに尋ねると、ウィルははっきりと答えた。

「おじさんたち、ねーさまたちがいるほーからきたんだもん」

ウィルはこの冒険者たちがセレナたちの囚われている方角から来たと言う。だが、それだけで黒と決めつけるのは些か乱暴だ。

そのことでロンが迷っていると、ウィルがクレイマンを操作して男たちの腰に下げられた袋を没収した。

「あと、これー」

「あっ……」

男たちが少し慌てたのを横目で見ながらロンがウィル型クレイマンから袋を預かる。その中には小物がふたつ、入っていた。

木製の鈴と石のプレートのようだ。

ゴーレムから降りたウィルがロンから小物を受け取った。

「これ、まどーぐ！　こっちのすずはまものをとーざけてる。こっちのいたはよくわかんない」

「魔物を遠ざける……騎士たちの拠点の造りにも似ているな……」

ウィルの説明を聞きながらロンが額を掻く。魔力を目で見るウィルは魔道具が発動していればその用途をすぐに理解することができる。発動していない石のプレートは置いておくとして、森の奥に足を踏み入れた冒険者が獲物である魔獣を遠ざけているのは確かに変だ。

ロンが冒険者たちを見下ろすと男たちはバツが悪そうに視線を背けた。

（これは坊主のほうが一枚上手だったか……）

男たちにも誤魔化しようはあっただろう。だがウィルに先手を打たれた上、肝である魔道具を押さえられて動揺が顔に出てしまっていた。

「話があれば聞くが？」

圧倒的に不利な状況でロンに見下ろされた男たちが押し黙る。

そんな中、魔道具を手にしたウィルがまた騒ぎ始めた。

「こ、これはー……」

見ればウィルの手の中で石のプレートが魔法と思われる光を発していて、ウィルが目を輝かせていた。

「おはなしするまどーぐだー！」

ウィルの目にいずこからか放たれた雷属性の魔力が線を引いて見えて、手元の石のプレートと繋がる。

ウィルの言葉の意味をすぐに理解できなかったロンたちが動きを止める中、理解できた冒険者たちが口元に笑みを浮かべた。

『応答せよ――』

起動した石のプレートから不意に声が上がり、冒険者たちが身を乗り出す。

男が声を発する瞬間、風が動いて。目にも止まらぬ速度で動いたロンの拳が瞬く間に男たちの意識を刈り取った。

「団長――っ！」

「話を聞くといったな。あれは嘘だ」

自分の発言をなかったことにして、ロンが視線をウィルに向ける。

もしウィルの言うとおり、あの石の魔道具が遠くと会話するためのものだとしたら。応じなかった時点で男たちに異変があったと悟られる。男たちを脅してやり過ごすにも黙らせた後では手遅れであった。

（声真似で騙せるか？）

ロンが誰にも披露したことがない特技の可能性を思案する中、魔道具の反応に心を奪われていたウィルはあっさり応答してしまった。

『どうした、一班！　なぜ応答せん？』

「おーい」

『なんだ……子ども？』

石から伝わる動揺の声。一方、事態を理解したロンたちもウィルが返事をしてしまったことで頭を抱えた。

そんなこととはつゆ知らず。ウィルが暢気に応える。

「おかりしましてー」

『なんだと？　それの持ち主は？』

「ええっとー」

ウィルが尋ねられたとおり男たちのほうへ視線を向けると彼らはロンの足元で転がされていた。これでは男たちに返すことはできない。

「ざ、ざんねんなことにー」

『なに？　もう魔獣にやられてしまったというのか……？』

魔獣ではなくロンにやられてしまったのだが。

勝手に納得する相手に困るウィル。その横でロンは首を傾げた。もし相手が男たちの仲間だというのなら彼らの持っていた魔獣除けの魔道具のことを知っているはずである。それなのに相手は勝手に仲間が魔獣にやられたと勘違いした。これは明らかに不自然だ。

理由はすぐに知れた。

『もういい。子どもは逃げろ』

「えー……？」

困惑するウィルを放置して、相手が号令をかける。どうやら魔道具は別の誰かとも繋がっていたらしい。

『全偵察班に注ぐ！　領域の主が動き出し、同時に近辺の魔獣が活性化を始めた。このままでは魔獣が氾濫する。急ぎ、拠点へ集合せよ！　繰り返す――』

魔道具から響く声が今、この森で何が起ころうとしているのかを的確に伝えていて。

顔を見合わせたウィルとロンはもう一度石の魔道具に視線を落とした。

第四章

三つ巴

episode.04

will sama ha
kyou mo mahou de
asondeimasu.

「遅くなっちゃった……」

目につかぬよう姿を隠したままのアジャンタが風に乗って森の上空を飛行する。

姿を見せていても隠していても飛行する速度に変わりはないが、速度を上げれば上げるほど風の揺らぎが起きて魔獣たちを刺激してしまう。森を行くウィルたちの安全に配慮してアジャンタはスピードを落として飛行していた。

遅くはなったが目的地はもう目の前だ。ウィルを通じてレヴィの感覚がセレナたちの居場所を示してくれている。

「急がないと」

森の奥から溢れ出した強い魔獣の気配が森全体へと広がり始めている。これでは魔獣たちがいつ暴れ出しても不思議はなく、そうなればセレナたちの身も危ない。

「着いた」

連続する木々を抜けてアジャンタの眼下に現れたのは広場であった。騎士の姿をした人間が忙しなく動き回っているのが見える。点在する廃墟を見るにここは元々人間の生活圏だったようだ。

「あそこね……」

廃墟の中のひとつ。地下に通じる入り口を見つけ、アジャンタが降下する。

魔力の空白地の境目をアジャンタは難なく通過した。

（この感じ……広場の真ん中あたりね）

そこに魔力の空白地を生み出している魔道具があるはずだ。だがその効果も高まった魔獣の気配に比べると頼りない感じがする。

いったん魔道具のことは頭から離し、地に降り立ったアジャンタが地下室へと向かう。

普通の人間にアジャンタの姿が見られることはなく、アジャンタはそのまま地下へと続く階段を下りた。途中、地下室を隔てる扉があったが隙間だらけで風の精霊であるアジャンタは苦もなく扉をすり抜ける。

そうして入った地下室には鉄格子の牢があり、その中に子どもたちが身を寄せ合っているのが見えた。

「セレナ、ニーナ」

子どもたちの中にセレナとニーナを見つけてアジャンタが驚かさないように静かに声をかける。それに気づいたセレナたちが振り向き、顔を綻ばせた。

「アジャンタ様」

迎え入れるセレナに笑みを返し、アジャンタが鉄格子をすり抜けて中に入ると周りにいたハインリッヒたちは驚いたように目を瞬かせた。

ハインリッヒたちの様子に気づいたセレナがアジャンタを皆に紹介する。

「ハインお兄様、この方がウィルと契約している風の精霊アジャンタ様です」

「精霊様……こんなところにまでお越しくださるとは」

一国の皇子であろうと精霊に対する信仰は変わらない。会釈をするハインリッヒにアジャンタは小さく頷いた。

本来であればウィルの一番仲の良い精霊だと豪語したいところなのだが、今はそんな場合ではない。

「アジャンタ様がここにいらっしゃるということは、やはりウィルは……」

「すぐ近くまで来ているわ」

セレナの質問にアジャンタが即答する。

未だ拙《つたな》い精度とはいえ、セレナやニーナも風狼を通じてウィルの位置を感じ取っていたのだろう。

話を聞いていたニーナが興奮気味に食いついた。

「ウィルはひとりで来たの？」

「ううん、安心して」

ウィルはひとりではない。ニーナを励ますようにアジャンタが笑みを浮かべる。

「悪者から助けた皇女と途中で合流したメイドのマイナ。あとお父様の友人だっていうロンとマクベスっていうお爺さんが一緒よ」

マリベルの無事を聞いてハインリッヒも胸を撫で下ろした。少なくとも彼女の行方で自分たちの行動が制限される心配はなくなった。

「ウィルを助けに行かなくちゃ！」

「どうどう……」

今にも飛び出しそうな勢いのニーナをセレナが苦笑いを浮かべて落ち着かせる。

セレナの中でウィルへの心配はひとまず落ち着いた。

マイナが一緒であれば上手くウィルを誘導できるはずだからだ。

セレナから見たマイナは普段はとぼけた振る舞いを見せたりもするが、その性格はしたたかであり計算高い。ウィルの安全から行動を制限してしまいがちな他のメイドと比べて、確かな勝算ありと踏めば他のメイドよりも大胆に行動し、無謀と判断すれば絶対にウィルの無茶を許さない。そうして下した決断には体を張る。そういう女性だ。

それにシローの友人であるロンとマクベス。マクベスなる老人は知らないがロンという人物については セレナも聞き覚えがある。その名を持つ者は世界最高峰の冒険者と名高いテンランカー第五席。

「【百歩千拳】のロン……」

その名は他の子どもたちも知るところであり、救援がすぐ近くまで来ているとわかって表情を綻ばせる者もいた。

あとは――

「アジャンタ様。外の様子ですけど……」

アジャンタが到着する少し前から外の様子が騒がしくなっており、牢の中にまで届いていた。それが救援部隊のせいではないとすると。

「そうそう。魔獣が暴れ始めているの」

アジャンタは現在地が帝都から南下したところにある森の深部であること、そしてその森の魔獣が活性化し始めていることを伝えた。その魔獣に対処すべく騎士たちが騒がしくなっているのだ。

「ウィルたちも異変に気づいてここに急いでるみたい。タイミングを合わせてここから脱出しないと……」

早すぎても遅すぎても駄目だ。ウィルたちが到着するまで慎重に準備を進めなければならない。

状況を大まかに把握したセレナがしばし黙考して。

「ハインお兄様とデンゼルさんは動けそうですか？」

向き直るセレナにハインが頷いて返す。牢の隅で横になっているデンゼルも話を聞いていたのか手を上げて応えた。

「私も動くくらいなら問題ありません」

「あ、本物。捕まってたのね」

「ご心配おかけしました、精霊様」

既に旧知であるアジャンタとデンゼルのやり取りを聞きながらセレナが視線をニーナに向ける。

「ニーナ、いつでも動けるように準備して」

「はい」

ニーナがしっかりと返事をして空属性魔法【戯れの小箱】を発動する。その中から精霊のランタンを取り出してランタンの底を開け、折り畳まれた紙片を手に取った。

その様子が気になったのか、オリヴェノの子であるグレイグがニーナの手を覗き込む。

「それは……？」

「魔法文字が書かれた紙よ。魔力を流すと魔法文字で書かれた魔法が発動するの。これがあれば牢屋の鍵なんて簡単に開けられるわ」

緊急時に備えて隠し持っていた魔法の紙片。【魔法図書】カルツの手製である。この紙片に魔力を流すだけでセレナやニーナが習得していない便利な魔法を発動できるのだ。

やる気に満ちた眼差しで見上げてくるニーナに尋ねたグレイグが苦笑する。

魔法の紙片を持ったとしてもニーナにできることは少ない。しかしウィルが近くにいると聞いてからのニーナの熱量は捕らわれた子どもたちの中でも群を抜いていた。騎士がいようと魔獣が来ようとまるで恐れる様子がない。

そんな妹の様子はセレナの中でも力になっていた。

(隠し持てることの強さね……)

まさかヤームから教わったことをそのまま実践する日が来ようとは。

そんな風に考えながら、セレナも精霊のランタンから紙片を取り出して確認する。

(大丈夫……上手くいく)

セレナは胸中で自分に言い聞かせた。自分で考えた作戦を行動に移すのは誰だって怖い。現在が囚われの身であり、セレナもまだ幼くあればなおのことだ。

だがセレナは意を決してハインリッヒに向き直った。

「ハインお兄様、ウィルたちから合図があり次第動きます。アジャンタ様が私たちを導いてくださるはずです」

「わかった」

「任せて」

頷くハインリッヒたちと胸を張るアジャンタ。

セレナはひとつ深呼吸するといつでも動き出せるように気持ちを落ち着けていった。

「あじゃんた、ねーさまたちのところについたってー」

疾走するゴーレムに抱えられたウィルがその肩に掴まるロンに報告する。

「わかった。俺が合図するまで待っててくれ」

「りょーかい」

ロンの言葉にウィルが頷いて視線を進行方向へと向ける。

魔道具での通信を聞いてから、ウィルはゴーレムにみんなを乗せて姉たちのもとへ急行した。大柄のゴーレムが木々の間を器用にすり抜けて前進する。

「まじゅーさんがいっぱいいる……」

進めば進むほど、濃く強く。ウィルが魔獣たちを察知する。活性化し始めた魔獣は先ほどとは打って変わり、ウィルの魔力を警戒して遠ざかることは少なくなっていた。

『クレイマンの自動防衛回数が増えてる……油断しないで、ウィル』

「うん!」

胸中で告げてくるシャークティにウィルが頷いて返す。

魔獣が未だにウィルたちを襲ってこないのは周辺に配したウィル型クレイマンが迅速に対処しているからだ。

一気に空気が緊迫して、少し怯えたマリエルがウィルの袖を掴む。それに気づいたウィルが安心させようと笑顔を作った。

「だいじょーぶ。まかせて、まりえるねーさま」

自信たっぷりのウィルに癒やされてマリエルの表情が少し緩む。

ウィルはそれに満足して視線をまた前へと向ける。

「だいししょー、もーすぐー」

「出たとこ勝負になるな。マクベス、手伝えよ」

「心得ている」

ロンとは逆側の肩に掴まっていたマクベスがロンと同時にゴーレムから飛び降りた。そのままふたりはゴーレムに先行する形で木々の間を抜けていく。

(風属性の補助は受けてないはずなのに、ふたりともすごい)

ウィルのゴーレムの動きにぴたりと合わせるロンとマクベスを見たマイナが舌を巻く。

ウィルのゴーレムは風属性の補助を受けて相当な速度を出している。同じ風属性の補助を受けていないロンとマクベスが後れを取らないのは相当な実力がある証拠だ。

「あそこだ！」

茂みを指差すウィル。その先にセレナたちが捕まっている。

一気に加速したゴーレムとクレイマン、それにロンたちが開けた場所に踏み込んだ。

「人数をかけろ！　乱戦にするなよ！」

「————っ！」

広場に響く怒号と喧騒。騎士と魔獣の戦闘は既に始まっていた。騎士たちが小隊を組み、広場の反対側で魔獣たちと一進一退の攻防を繰り広げている。

自然とウィルたちに近い騎士はそんな戦闘を後方で指揮していた威厳のありそうな者たちであった。

「なんだ貴様らは？」

立派な鎧を身に着けた騎士がウィルたちに気づいて睨みつけてくる。

誰何されたウィルがゴーレムの腕を持ち上げると騎士は驚いたように目を見開いた。

「おとどけものです」

「そいつらは……」

未だ気を失っている冒険者たち。扮装した偵察隊をゴーレムがぶら下げていた。森に放置しておくと魔獣たちに襲われてしまうのでウィルがわざわざ持ってきたのである。

そんなウィルを見た一部の騎士から慌てた声が上がった。

「将軍！　そのガキです！　城で我々の邪魔をしたのは！」

「なにぃ……」

城を強襲した騎士からの報告により将軍と呼ばれた騎士が眉根を寄せる。

そんなやり取りを他所にマイナたちは手早く動き出していた。

「ロン様、荷馬車があります。私があれを拝借して参ります。ロン様は子どもたちを！」

「わかった。坊主、子どもたちはどこにいる？」

「あそこー」

ウィルを下ろしたゴーレムが廃墟の一角を指す。都合よく周りに騎士は配置されていない。

「よし、精霊に合図を送れ」

「はーい」

ウィルが元気よく返事をして心の中でアジャンタに呼びかける。

そんなウィルたちの動きを騎士たちが見逃すはずはない。

「人質を押さえろ！」

「はっ！」

将の傍に控えていた騎士たちが動き出すのと子どもたちが地下室から姿を見せたのはほぼ同時であった。

「走って！」

セレナの号令でアジャンタに先導された子どもたちが走り出した。その後方でセレナが掲げた魔法の紙片が子どもたちの走路を守るように特殊な防御壁を構築していく。

「なんだ、この防御壁は⁉」

子どもたちへの行く手を阻まれた騎士たちが一瞬戸惑う中。

「マクベス、子どもたちにつけ！」

ロンがそう言い置いて騎士たちの懐に飛び込んだ。

小さく息を吸い込んで吐くと同時に地を蹴る。次の瞬間生み出された連撃が子どもたちのほうに向かおうとする騎士たちを余さず後方に吹き飛ばした。

「みんな、早くこっちへ！」

「そのまま走り抜けよ！」

ロンの後ろを通ってアジャンタとマクベスに先導された子どもたちがウィルのほうへと駆け抜ける。

その目標はマイナが拝借してきた幌《ほろ》付きの荷馬車だ。

だが、子どもたちを狙って動き出したのは騎士たちだけではなかった。

茂みを突き抜けて複数の魔獣が子どもたちに襲いかかる。より弱い者に狙いを定めるのは自然の中では当たり前のことだ。

しかし彼らの牙は子どもたちを隔てる防御壁にすら届くことはなかった。

「ふん！」

間に立ったマクベスが腕をひと薙《な》ぎするとその軌道に魔力の波動が広がり、一瞬で魔獣を跳ね飛ばす。

「おお……」

ロンとマクベスの見事な動きにさすがのウィルも口を開けてしまう。

そうこうしている間に子どもたちはウィルの下まで到達した。

「お兄様！」

「マリエル！」

マリエルとハインリッヒがお互いの無事を喜び合って抱き合う。そしてそれはウィルも同じだ。

「ねーさま、おまたせー」

「ウィル！」

「むぎゅぅ」

ニーナに抱き着かれたウィルが苦しげに呻く。少々力が強かったようだ。その様子にセレナとデンゼルが思わず苦笑した。

デンゼルに気づいたウィルが笑みを浮かべる。

「お、ほんもののでんぜるおじさんだー」

「助けていただいてありがとうございます、ウィルベル様。なんとお礼を申し上げてよいやら……」

「きにしないでー」

頭を下げるデンゼルにウィルが小さな手を振る。

そんなふたりの短いやり取りを待ってセレナがウィルの頭を撫でた。

「ウィル、みんなの持ち物も没収されてるの。なんとか取り返せない？」

「まかせてー」

セレナの頼みにウィルが快く引き受けて。ウィルの肩に乗ったブラウンが広場を見渡して中央にあるテントを指差した。

「あそこにあるの、ぶらうん？」

ウィルの確認にブラウンが一声鳴く。場所が割れればウィルにとって回収作業など容易いものだ。

上手くクレイマンを忍ばせて回収してしまえばいい。

「子どもたちは返してもらうぜ」

「おのれ……」

騎士たちと対峙するロンが静かに告げると将軍と呼ばれた騎士は歯噛みして腰の剣を抜いた。

大型の盾と剣を構え、騎士とロンがじりじりと間合いを詰めていく。

それに合わせて子どもたちを再び奪おうと騎士たちがウィルたちを包囲した。

「うぃるもー！」

騎士たちの動きに反応したウィルに呼応してゴーレムが前に出る。

さすがの騎士たちもその巨体を警戒して包囲の輪を広げて対峙した。

さらにはそんな両陣営を狙わんと魔獣がにじり寄ってきていて。

「あじゃんた、しゃーくてぃ、くろーでぃあ、ねーさまたちをまもるよ！」

ウィルの呼びかけに姿を隠していたシャークティとクローディアも現れて臨戦態勢を取ると窮地にありながらも子どもたちから歓声が上がった。

「急いでください」

ウィルの様子を窺いながらマイナが声で子どもたちの背を叩いて荷台に乗せていく。

三つ巴、一触即発の状態で睨み合い。

その時――

（なに……？）

ウィルの胸中にひりつくような感覚があった。目の前で対峙している騎士たちではない。なにかに見られている気配が幼いウィルの胸中に警鐘を鳴らす。

ふわりと広場に微かな霧が立ち込めて。

騎士や魔獣との対峙、広場の喧騒、魔獣と騎士がせめぎ合う、さらにその先。森の奥から静かに現れたそいつとウィルの目が合った。

◆

蒼き森の奥深く、銀毛麗しい獣あり。会うてはならぬ、追うてもならぬ。その瞳に吸われし者、霧に巻かれて命を散らす。

「来たぞぉ！　濡《ぬ》れ狐《ぎつね》だ！」

前線に立つ騎士から声が上がる。数多の魔獣の奥から一匹二匹と姿を見せ始めた狐型の大型魔獣にある者は息を飲んだ。

艶を帯び青みの輝きを放つ銀毛にすらりと伸びた手足。切れ長の瞳と柔らかそうな尾がさらに人の目を魅了する、四足の獣。この森の固有種であり、青銀とも称される大型魔獣が濡れ狐であった。

「ウィル様？」

ぴたりと動きを止めてしまったウィルに気づいたマイナがウィルに呼びかける。するとウィルの小さな口が動いた。

「あいつだ……あいつがぼすだ……」

「えっ……？」

ウィルの呟きを聞いてマイナがウィルの視線を追う。次々と現れる濡れ狐。その中でもさして大きくない濡れ狐をウィルは見ていた。

「あれが……？」

マイナの疑問にウィルが視線を外さず頷く。ウィルにはその濡れ狐が他の個体にはない強大な魔力を有しているのが目に見えていた。

そしてその濡れ狐もまたウィルをまっすぐ睨みつけて。

次の瞬間、濡れ狐から溢れ出した魔力が意味を成した。

「ぼーぎょー！」

ウィルが叫んでアジャンタたちが防御魔法を張り巡らせるのと漂う霧から魔法で形作られた無数の尾が伸びてくるのはほぼ同時であった。

「ちっ……！」

「くぉっ!?」

ウィルが騒ぎ立てたことで感づいたロンと騎士の将が防御魔法を展開して飛び退く。

魔法の尾が広場を蹂躙するように駆け巡り、騎士と魔獣とウィルたちに襲いかかった。

穿つように迫る魔法の尾がアジャンタたちの防御魔法に阻まれて霧散する。

「おおー……」

魔法の尾が形を失いアジャンタたちが防御魔法を解く。その攻防を眺めていたウィルは濡れ狐の魔法を目の当たりにして感嘆した。

広範囲、高威力。回避の間に合わなかった騎士や魔獣はまとめて薙ぎ払われており、すぐに動き出せない者もいるようであった。

完全に体勢を崩された騎士の将が舌打ちして濡れ狐のほうに視線を向ける。

「くそっ……青銀め……」

ウィルたちと魔獣、両方に気を遣わなければならなかった騎士たちだが今の攻撃で魔獣を無視できなくなった。このままでは魔獣を押さえている騎士たちに甚大な被害が出てしまう。

かといってウィルたちを放っておけばせっかく捕らえた人質をむざむざと逃がすことになる。

敵将が迷っているとそこにウィルから第三の案がもたらされた。

「おじさーん、にげたほうがいいよー？」

「はぁっ⁉」

敵方の子どもに促され、煽られたと思った敵将が怒りを剥き出して顔を上げる。だが次の瞬間、高速で動いたゴーレムが敵将の間をすり抜けた。

背後に迫っていた他の濡れ狐の顎をゴーレムが押さえる。さらには挟撃の形でウィルに迫るもう一匹の濡れ狐。

「はぁっ！」

「せいやっ！」

飛び上がったロンが迫る濡れ狐の顎を蹴り上げ、宙に浮いたその濡れ狐をマクベスがさらに蹴り飛ばして森の奥へと叩き込んだ。

「あっちいけー！」

ウィルのゴーレムが濡れ狐の顎を掴んだまま担ぎ上げ、森の奥へと投げ捨てる。ウィルたちを狙った二匹の濡れ狐はすぐには戻ってこなかった。

一連の動きを見ていた敵将が息を飲む。

（なんなんだこの子どもは……）

大人たちはまだわかる。こんな物騒な森に少人数で乗り込んでくるような者たちだ。相応の実力があっても不思議はない。

だがウィルは。どう見たってまだ幼い子どもなのだ。それが当たり前のように魔法を操り、危険極まりないこの森の固有種と渡り合っている。さらにそこに付き従う精霊たち。常識では考えられないことであった。

そのウィルはまた奥にいる濡れ狐へと視線を送っている。濡れ狐もウィルから視線を外す様子はない。その間には独特の緊張感がある。

双方ともに理解していた。こいつが敵のボスなのだ、と。

「坊主……」

気遣ったロンが声をかけるとウィルは濡れ狐を見たまま笑った。

「すごいよ、だいししょー。あいつのまほー、ふつうのまじゅーさんとぜんぜんちがう」

たった一度見ただけだがウィルにはわかった。その精度、威力ともに普通の魔獣が行使する魔法と比べ物にならない。ブラックドラゴンは膨大な魔力量を秘めていたが魔法自体にはまだ荒々しさがあった。しかし目の前の濡れ狐は魔力量こそブラックドラゴンに劣るもののその魔法の完成度はブラックドラゴンより上。美しさすらある。

「まるでげんじゅーさんみたいだ……」

そんな感想を抱いて目を輝かせるウィルを見たロンは思わず小さなため息を吐いた。

（でも笑うんだな……）

本来ならそんな強大な敵を目の前にすれば萎縮《いしゅく》したり恐れたり、緊張するものだ。だがウィルは楽しんでいた。次は何を見せてくれるのかと。まるで新しいおもちゃを見つけた子どものように。

（そういうところ、父親にそっくりだな）

親友であるシローもそういった一面を持っていたことを思い出し、ロンのため息が笑みへと変わる。

「だとしたらあの濡れ狐はおそらく妖獣だ」

「よーじゅー？」

「そうだ」

ロンの言葉にウィルが首を傾げた。妖獣とは年を経た魔獣が変じたモノだとか巨獣と同じく長く濃い魔素を吸収し続けて覚醒したモノだとか言われている。妖獣となった個体は元の魔獣よりも多彩に魔法を使いこなし、数段強さが増すという。

ロンの説明を聞いてウィルが納得したように頷く。そして濡れ狐に対してゆっくり構え直した。その表情はやる気満々だ。

「くるよ！」

「やってみろ。ただし、俺たちの目的はここからみんなを連れて帰ることだ。そのことを忘れるな」

「はい、だいしょー」

ウィルに任せたロンが一歩引く。そのやり取りを見ていたマイナやセレナは落ち着かない様子であった。相手が領域の主であり、妖獣ともなればその反応も当然だ。

だが、ロンも丸投げする気は毛頭ない。危険だと判断すれば自分が前に出る算段で控えていた。

「かかってこーい！」

ウィルの言葉を理解したわけではないのだろうが。次の瞬間、濡れ狐は弾かれるように動き出した。溢れ出る霧属性の魔力が意味を成し、濡れ狐の分身体がウィルのほうへ殺到する。

だがウィルは大して驚きもしなかった。

「うぃる、そのまほーはしってる！」

「くっ……!?」

たまらないのは騎士たちであった。ウィルと濡れ狐に挟まれて、濡れ狐の魔法に巻き込まれる。咄嗟に防御魔法を張った騎士たちであったが、ウィルは防御魔法を展開しなかった。

「あじゃんた！」

「了解！」

ウィルと同調したアジャンタが大量の魔弾を前方に展開する。

「『冬風の魔弾！　我が敵を撃ち抜け、木枯らしの砲撃！』」

解き放たれた弾幕が迫る濡れ狐の分身体を穿ってひとつ残らず消滅させた。その弾幕に巻き込まれた騎士や魔獣たちが飛ばされないように土地に伏せる。

続けて感知したウィルと精霊たちが空を見上げた。

「くろーでぃあ！」

ウィルに促されたクローディアが掌を上空に向ける。その視線の先には一塊の霧があった。濡れ狐の魔法が見えない道を作り出し、その霧を終着点へと据えている。霧を利用した転移魔法であった。

「『草樹の鎖縛！　我が敵を縛めよ、此花の枷！』」

地面から突き出た樹木が霧を搦《から》め捕ろうと枝葉を伸ばす。その枝葉が霧に触れる寸前で霧から濡れ狐が飛び出してウィルの拘束から逃れる。

「しゃーくてぃ！」

「任せて……」

更なる追撃を指示するウィルに応えてシャークティが地面から無数の土属性の槍を伸ばした。

濡れ狐が自ら生み出した霧の上を滑るように身をひるがえして土の槍をやり過ごす。そのまま槍の上に着地した濡れ狐はウィルをめがけて勢いよく土の槍を駆け下りた。

しかし狙われたウィルは小さな掌を天に掲げて笑みを浮かべていた。

濡れ狐に影がかぶさって、視線が思わず上向く。影の正体に気づいた濡れ狐が急ブレーキを駆けた。

そこにいたのはいつの間にか飛び上がって滞空していたウィルのゴーレムであった。

「上手ぃ……」

ウィルの攻め手を見たロンが泡立つ腕を押さえる。

ひとつふたつと魔法で応戦して三つ目は精霊に託す。足元から立て続けに攻撃して視線を下げさせ、その間にゴーレムを上空へ。攻撃をいなした濡れ狐が防御から攻撃へ転じる瞬間、ウィルはその隙を狙っていた。

重力を無視して宙に留まったゴーレムが力を溜めるように身を縮める。

「ごーれむさんんん！」

ウィルから送られた魔力に反応してゴーレムの目が赤く輝く。その力を解き放つようにウィルが手を振り下ろして叫んだ。

「き――――っく！」

弾かれたように急降下したゴーレムが濡れ狐に襲いかかる。

濡れ狐が展開した防御魔法とゴーレムの蹴りが衝突した。その瞬間、なんとか体勢を整えた濡れ狐が、防御魔法ごとゴーレムの勢いを逸らす。目標をずらされたゴーレムの蹴りが、濡れ狐の足場となっていた土の槍ごと踏み抜いて突き抜け、そのまま大地に突き刺さった蹴りが轟音とともに広場を震わせた。

「うおお⁉」

騎士たちが砕かれた土の槍の破片と蹴りの衝撃に見舞われて防御魔法で身を護る。その余波だけで立っているのも難しい。凄まじい威力であった。

だというのにゴーレムの一撃をやり過ごした濡れ狐は自ら発した霧を足場にするように宙を跳ね、ゴーレムと距離を取りながら攻撃態勢を整えていた。濡れ狐の周囲を霧の弾丸が埋め尽くし、それが広場に向かって降り注ぐ。

ターゲットにされたゴーレムが身を屈め、一気に後方へと跳躍した。そうして身をひるがえしたゴーレムは何事もなかったかのようにウィルの傍へ着地し、腕を組んだ。

たまらないのは騎士たちである。ゴーレムの攻撃の余波をしのぐために張った防御魔法の上に今度は濡れ狐の魔弾が降り注ぐ。とんでもない魔法の応酬に身動きが取れなくなっていた。

(冗談ではない……！)

敵将の感想ももっともだ。語り草になるほどの領域の主とその主相手に対等以上の力を発揮する幼子に挟まれて魔法の応酬の間に立たされれば、誰だってそうなる。

「すごいすごい！　ごーれむさんのこーげき、かわされちゃったー！」

地面に降り立ち身構える濡れ狐にウィルが拍手を送る。その声がどこか楽しげで傍観者となり果てた騎士たちの頬は引きつっていた。

ウィルの一挙手一投足から目が離せなくなる中、ウィルが再び小さな両手を広げる。

「でもきつねさんのまほーはみたよ」

その言葉の意味を知っているのはウィルと親しい間柄にある者だけだ。

ウィルが魔力を込めると溢れ出た霧が一気に広場を埋め尽くした。魔法の詠唱はない。ウィルは濡れ狐の魔法を見て自身にできることを再現してしまったのだ。

「これは……!?」

防御魔法の外側を埋め尽くす濃霧に身構えた敵将の背を冷たい汗が伝う。視界を奪われ、静寂に包まれた世界。決して広くはない開けた場所で方向感覚も音すらも認識できない。こんな状況でまた先ほどのゴーレムが放ったような一撃を繰り出されたら。今張り巡らせている防御魔法だけでどうにかなるものとは到底思えない。

それは濡れ狐や他の魔獣たちも同じだ。濡れ狐といえどもウィルの魔力が生み出した霧まで操れるわけではない。視界を奪われた魔獣たちもその中で人間を襲えるわけがなく、警戒したまま身構えるのがせいぜいであった。

ウィルの次なる一撃を警戒した騎士たちと魔獣たちの間に重苦しい時間だけが過ぎていく。

ややあって、変化が訪れた。霧が風に流され、その濃度を次第に薄めていく。徐々に視界が鮮明になり、騎士たちや魔獣たちが視界を巡らせた。

「なんだ……？」

なにもない。何も起こらなかった。ただ静寂に包まれた時間だけが過ぎた。そして残ったのは騎士たちと魔獣たち、そして遠くに響く轍《わだち》の音だけ。

ウィルの姿は――いや、乱入してきた大人たち、人質の子どもたち、巨軀のゴーレムの姿もそこには既になく。

事態に気がついた敵将の顔が見る見る怒りに染まっていく。

「に、に、にっ……逃げやがったぁ！」

敵将の咆哮がそのまま事実を伝えていて。

ウィルたちは拝借した馬車でその場を後にしたのであった。

◆

切り開かれた馬車道を荷馬車が駆ける。

「上手くいった！　さすがウィル様！」

手綱を握ったマイナが小さく吼えた。

霧で視界を奪った後にウィルが指し示した逃走経路。おそらくは騎士たちが物資を搬入するために切り開いたと思われる一本道は旧街道へと繋がっているようだ。

ここまで大がかりに手を加えているとなれば、騎士たちはずいぶん前から帝都襲撃を目論《もくろ》んでいたことになるのだが。それが今はウィルたちの助けになっているのは皮肉なものだ。

「まさかここまで森に手を加えているとは……」

同じく御者台に腰かけたデンゼルが体を押さえたまま周囲を見渡す。

魔獣の生息域に人間が手を加える。いくら魔道具の助けがあったとはいえデンゼルには考えられないことだ。

「魔獣の怒りを買っても不思議はないですね」

それにはマイナも同意見であった。人間の生活圏で魔獣が暴れて迷惑と感じるのと同じように、魔獣だって人間が生活圏で好き勝手するのを許しはしないだろう。

「くっ……」

「大丈夫ですか？」

荷馬車が跳ねて苦しそうに眉をしかめたデンゼルをマイナが前方に意識を集中したまま気遣う。

「はは、大丈夫ですよ。セレナ様とニーナ様のおかげで、だいぶよくなりましたから」

力なく笑うデンゼル。体を押さえているのは深手を癒やした後の後遺症だ。回復魔法で傷を癒やせたとしても体力まではそうはいかない。長く疲弊していればなおのことだ。

おそらく拷問を受けたのだろうと推測したマイナはそれ以上無理に問わなかった。弱った体で思い出すにはあまりに酷な記憶だ。今はそっとしておくのが一番だろう、と。本来であればまだ寝かせていたほうがいいのだが、子どもたちを乗せた荷台に大人を寝かせるスペースはない。

「とっととこんなところはおさらばしましょう。今夜は暖かい布団で眠れますよ」

「それはいいですね」

代わりにとばかりに飛び出したマイナ節にデンゼルが微かに微笑んで。

荷馬車は旧街道目指して駆け抜けていった。


「よし、ひとまず撒《ま》いたな」

荷台の後部で後方の確認をしたロンが視線をウィルのほうへ向ける。

ウィルは荷台の中央で腰を下ろしてひと息ついていた。取り出した魔力回復用のポーションを飲み干し、苦みに顔をしかめている。

その表情は先ほどまで濡れ狐と激戦を繰り広げていた人物とは思えない、年相応の幼さが見て取れる。

「大丈夫か？」

「まーまーだいじょうぶー」

ウィルをもってしても濡れ狐はなかなかに手ごわかったらしい。圧倒はしていたが少しは消耗しているようであった。

「きつねさん、つよかったねー」

そんな感想を述べるウィルであるが見るからにご機嫌だ。ほとんどの大人が死を覚悟するような魔獣を相手にこの余裕である。無知なのか、大物なのか。

思わずあきれが交じりつつ、ロンが表情を緩めた。

「強かったか？」

「とってもー」

ロンの質問にこくこく頷くウィル。満足しましたと言わんばかりの笑顔で、濡れ狐との魔法の応酬を楽しんだのがよくわかる。

ウィルぐらいの幼さならそのまま夢中になってもおかしくないところだが。

「あのタイミングでよく引き上げる判断ができたな」

ロンは素直に感心していた。誰の目にももう一押しで濡れ狐を討伐できていた。それなのにウィルは倒すのではなく、撤退することを選んだのだ。

「えらいー？」

「ああ、偉かったぞ」

「えへー」

ロンに褒められてウィルが満更でもない表情をする。だが子どもたちの中からは惜しむ声も聞こえてくる。

「もう少しで濡れ狐を倒せたのに……」

濡れ狐はその強さと希少性、また見た目の美しさからその素材がとてつもない金額で取引されているそうだ。

貴族の子どもたちから説明されたウィルが首をふるふると横に振る。

「うぃるはきつねさんをやっつけなくてぃーです」

ウィルの目的は皆で街に帰ることで濡れ狐の討伐ではない。

欲をかく様子がまるでないウィルにマクベスも満足げに頷いた。

「坊やの判断は正しいよ。濡れ狐を倒しても得するのは騎士たちだ」

マクベスの言葉に貴族の子どもたちが首を傾げる。よくわかっていないようでマクベスが続けた。

「坊やが濡れ狐を倒すと魔獣たちの勢いは一時的とはいえ弱まる。そうすれば騎士たちにかかる圧力が弱まり、こちらに意識を割く余裕が生まれる。そうなれば君たちを逃がすことも難しくなってしまう。素材を回収する時間はさらにない」

騎士たちが事なきを得れば、素材は騎士たちの懐に入る。ウィルたちが素材を回収するには騎士たちを無力化すればいいが、その間に暴走を始めた魔獣たちが勢いを取り戻せば今度は際限なく魔獣に襲われることになるだろう。

「一番いいのは騎士と魔獣を争わせ、その隙に離脱することだな」

それには濡れ狐が生きているほうが好都合というわけだ。今頃、騎士たちは魔獣の対処に追われているはずである。

「あとはこの魔獣の気配が濃くなりつつある森から逃げるだけ」

それだって安全にとはいかない。細心の注意を払いながら森を通り抜けなければならない。

マクベスの説明に貴族の子どもたちは納得したようだった。

「まじゅーさんはたおせばいーとゆーわけじゃないんです」

真面目くさってシローの受け売りを口にするウィルにそうと知っているセレナとニーナも笑みを浮かべる。

「みんなでおうちにかえりましょー」

ウィルの提案は皆の心に響くもので、当然反対する者は誰もいなかった。

「帝都へ」

ハインリッヒも頷いて一行は帝都を目指す。

魔獣の気配の濃い森の中を急く荷馬車に揺られながら。

子どもたちの胸中には帰還の希望が膨らんで明るさを取り戻していた。

馬車が小道を抜け、旧街道を進むことしばし。

幻獣のブラウンが小さな体を立ち上げた。

「ぶらうんー？　どーしたのー？」

ブラウンの様子に気づいたウィルが首を傾げる。

静かに後方を見たままブラウンは探知魔法を駆使して何かを探っている。

ブラウンを真似てウィルも探知魔法を展開した。

（……なに？）

ややあってウィルの探知魔法に何かが引っかかる。得体の知れない何か、大量のそれが荷馬車に迫っていた。

「だいししょー！」

「なんだ？」

ウィルの様子がただ事じゃないと悟り、聞き返すロンにウィルが告げる。

「なにかがおいかけてくる！」

「なにか？　騎士か魔獣か？」

「たぶんどっちでもない！」

どちらでもない。ウィルは人間なら発する魔力ですぐにわかる。魔獣でも動きや形で察する。だが、追いかけてくるそれらは全く感じたことのない気配であった。

ブラウンがすぐに反応できなかったのもブラウン自身が感じたことのない気配であったためだ。

近づく気配のひとつが打ち上がるように空へ飛び出した。

その姿を目視したロンが眉をひそめる。

「なんだ、ありゃ……」

白色の巨軀に蝙蝠《こうもり》のような翼と牛のような角を生やした、どう見ても友好そうには見えないシルエット。それが両掌を荷馬車へと向けていた。その両掌の前方に未知のエネルギーが集まっていく。

「おいおいおい！」

それが攻撃の予備動作であることは誰の目にも明白であった。

「まずいぞ、攻撃がくる！」

「ぼーぎょー！」

マクベスが事態を察知し、ウィルも気配を感じ取ったことで荷馬車の周囲を無詠唱の防御魔法で囲い込む。

白色の巨軀から放たれた一条の光がウィルの防御魔法を掠《かす》めて荷馬車の前方に着弾する。路面が砕け、走行する荷馬車が跳ねて傾いた。

「「「うわあああああ！」」」

「あぶない！」

悲鳴を上げる子どもたち。いち早く反応したアジャンタが風属性の魔法を展開してみんなを包み込んだ。

横転した荷馬車が土埃を上げて停止する。

「みんな大丈夫か⁉」

「なんとか～」

横倒しになった荷台の中で体を起こしたハインリッヒが問いかけるとウィルから間延びした声が

返ってくる。小さな体のウィルだがセレナとニーナに抱えられて事なきを得たようだ。

他の子どもたちもアジャンタの展開した魔法がクッションとなって大きな怪我を負っていない。御者台にいたマイナとデンゼルもウィルの防御魔法とアジャンタの魔法によってなんとか御者台にしがみついていた。

「とりあえずここから出ましょう」

セレナに促されて子どもたちが荷台から降りる。

ロンとマクベスは既に荷台から出ており、追手と対峙していた。

「なに……？」

子どもたちが目の前の光景に言葉を失う。

自分たちは既に包囲されていた。人間でもなく、魔獣でもない。見たことのない存在に。

強靭そうな白い肉体。頭部の角。鬼面の怪物。

その外見から思い至ったウィルがぽつりと呟いた。

「しろいおーがだ……」

◆◆◆◆

旧街道の真ん中で子どもたちが身を寄せ合う。

見たこともない白い怪物と対峙するように大人たちは子どもたちの外側に立った。とはいえ、大人たちは四名。包囲する怪物に対してあまりにも多勢に無勢だ。

誰の目にも絶望的な状況で静観する怪物たちの間から白いローブの男――ドミトリーが姿を現した。

「ずいぶんと好き勝手してくれたな」

「……何者だ？　騎士どもの仲間か？」

ロンが静かに誰何すると答えは後ろにいるウィルから返ってきた。

「あのひと、にせもののひとだ！　あのひとがでんぜるおじさんにへんしんしてたんだ！」

断言するウィルにドミトリーの動きが一瞬止まる。苛立ちからではない。先ほど、完全にしてやられた子どもに対する警戒心からであった。

「やはり、危険な存在だ。そのガキは……」

その言葉がすべてを物語る。ドミトリーは不用意に前には出ず、その傍らに巨大なオーガを控えさせて護衛に当たらせていた。

周囲を油断なく見回していたマクベスが小さなため息を吐く。

「またとんでもないものを引っ張り出してきたものだ……」

その口ぶりは怪物の正体を知っているようで、ドミトリーや子どもたちの注目を集めた。

マクベスが淡々と尋ねる。

「君はそれが何なのか、知っているのかね？」

「神の尖兵だよ。少なくとも私が所属していた白の教団はそう呼んでいた」

「神の……？」

ドミトリーの答えにマイナは疑問を抱いた。それは知識のある者なら当然の疑問だ。

世界にはさまざまな信仰があるが、その基本は精霊や幻獣が元になっている。だが目の前の怪物はどう見てもそれらの存在からは程遠い。

「知っているのか？」

ロンが警戒を崩さず尋ねるとマクベスは静かに答えた。

「聞いた程度の話だ……君たち人間で言うところの邪神《じゃしん》というやつだよ」

邪神。その言葉がいい意味ではないことは子どもにだってわかる。何より見たままの風貌である。

「角が多いほど有する力も強い。見れば想像はつくだろうが……」

そう説明するマクベスに倣って怪物たちを見てみると、多少の個体差はあるものの言葉どおりであるようだ。

一本角は屈強だがその大きさは大人ほどのものである。二本角は大型の魔獣ほどの大きさで一本角よりさらに強靭に見える。三本角を持つオーガは強靭な体のところどころに動物的な特徴を有していた。そして馬車を襲い、ドミトリーを護衛している四本角は強靭な巨軀に翼や尻尾まで生やしており、その姿はもはやオーガと呼称するには異形で悪魔じみている。

「よしておきたまえ。それは人間の操れる類のモノではないぞ」

「ご忠告感謝する。だが今やこの軍団は完全に私の支配下にある」

マクベスの忠告は当然のようにドミトリーへは届かない。それを示すように一本角たちが前に進み出た。

「大人しく捕虜となれ。君たちには帝都陥落を特等席で見せてやろう」

ウィルたちを人質にするべくオーガたちが包囲を狭めてくる。その圧力に子どもたちが一層寄り添った。

「なんとかなると思うか？」

ロンが攻撃態勢を取ったままマクベスに尋ねるとマクベスは小さく嘆息した。

「狙いが私や君なのであればなんとかなるのだろうが、ね……」

「だよなぁ……」

ロンが短く同意する。相手の狙いは人質の確保であり、その対象は子どもたちだ。圧倒的多数のオーガたちが子どもたちに押し寄せればテンランカーのロンや同等の力を持つマクベスであっても守り切ることは難しい。

子どもたちの安全が保障されるのであれば、抵抗するよりも大人しく投降したほうが子どもたちが傷つく可能性は低くなる。

迫るオーガ。周辺の魔獣の気配も刻一刻と増してきている。時間はあまりない。

（どうする……？）

より良い策を求めて思考を巡らせるロンに応えたのは案の定ウィルであった。

「おことわる！」

子どもたちの前に立ち、頬を膨らませるウィル。そんなウィルに対してドミトリーの表情が険しくなる。

ウィルはドミトリーをまっすぐ睨みつけた。

「うぃるたちはおうちにかえるの！　わるいおじさんはよんでない！」

「……だったらどうするというのかね？」

「こーする！」

言うが早いか。ウィルが手を上げるとアジャンタやシャークティ、クローディアが一斉に姿を現した。

「やはり精霊と契約していたか……」

ウィルの魔力は誰の目から見ても異常だ。ドミトリーももしやという予感があったがさすがに三柱同時に精霊を見て顔色が変わる。超常的な軍団を手にしたとしても幼いウィルの行動だけは予想できないのだ。

身構えるドミトリーに対して精霊たちが声を揃えて朗々と詠唱する。

「「「土の抱擁、草樹の芽吹き、風の歌！　聖域の境界、我らに迫りし災禍を阻め、精霊の城壁！」」」

魔力が意味を成し、強固な防御壁が構築されてウィルたちとオーガたちの間を隔てる。

攻撃的ではない魔法の効果に身構えていたドミトリーは微かに安堵の表情を浮かべた。

「何をするかと思えば……」

精霊たちが力を合わせた強力な防御魔法である。しかしいかに強固とはいえ攻撃を受け続ければいずれは突破される。事態を好転させるほどの力はこの魔法にはない。

そのことを理解したドミトリーは自分の優位を確信し、余裕を取り戻していた。唯一の懸念材料であるウィルもここに至って自分や白いオーガの軍団を上回る術はないのだと。

「無駄な抵抗だ」

「あっちいけ！　しっ、しっ！」

ウィルの嫌なモノを遠ざけようとする子どもらしい態度に勝ち誇ったドミトリーの表情が愉悦に歪む。

紆余曲折《うよきょくせつ》あったものの計画に大きな狂いはない。目の前の防御魔法を砕いて子どもたちを捕虜とすれば後は帝国軍との戦闘だけ。

「四角、防御魔法を砕け！」

ドミトリーの命令を受けた四本角の一匹が防御魔法へ迫り、その巨大な拳を打ち下ろす。拳と【精霊の城壁】の強烈な衝突音に子どもたちから悲鳴が上がった。二発三発と繰り出される拳が防御魔法の耐久力を削っていく。そのたびに衝突音が森に響き渡った。

「大丈夫なのか、これは⁉」

怯えるマリエルを抱き寄せながらハインリッヒが声を上げる。子どもたちの目から見ても防御魔法が押し込まれているのがわかる。それなのにウィルは動かず、防御魔法が破られるのを黙って待っているように映った。

先の濡れ狐との戦いで躍動していたウィルとは大違いで子どもたちの間にも不安が広がっている。

しかし、セレナとニーナは落ち着いていた。ウィルの狙いがわかっていたから。

「大丈夫です、ハインお兄様」

はっきりとしたセレナの声が子どもたちの不安を和らげる。ニーナも皆を勇気づけるように笑顔を見せた。

「私たちの状況はもう伝わっているもの！」

誰に、と問いかけたくなるハインリッヒたちであったが答えを聞く前に足元から反応があった。

ブラウンが一声鳴いて、戦況を睨みつけていたウィルが笑みを浮かべる。

「きた！」

ウィルの言葉が示すとおり、子どもたちの背後から風が吹き抜けていく。気づいた時には脇を駆け抜けた風の一片が防御魔法に拳を打ち下ろしていた四本角のオーガを突き飛ばしていた。

「吹き飛べぃ！」

一片の咆哮が強烈な風を呼び、白いオーガたちに襲いかかる。ウィルたちを包囲していたオーガたちが耐え切れずに吹き飛ばされていく。

「ガキどもを捕らえろ！」

強風にあおられてオーガにしがみついたドミトリーがなりふり構わず声を荒らげた。

命令に従い、ウィルたちに迫ろうとするオーガたち。しかしその動きも次に放たれた一撃で無力化された。

「風禍旋刃！」

シローの一刀が風を巻いて、周囲から迫ろうとするオーガたちを魔法の斬撃で次々と斬り飛ばしていく。

「とーさま！」

ウィルたちの前に降り立ったシローに子どもたちから歓声が上がる。ロンもその懐かしい背中に目を細めた。

「待たせたな」

「おせーよ」

解けた防御魔法を潜ってロンがシローと並び立つ。

マクベスと一片も並んで子どもたちの前に壁を作った。

「お届け物よー」

飛翔する風の上位精霊であるアローが遅れて次々とトルキス家の家臣たちを下ろしていく。

レンにラッツにエジル、ポーを除いたモーガンのパーティー、ガスパルのパーティー、それにルーシェやモニカも一緒だ。

「ブラウン、よくやった！」

エジルに呼びかけられたブラウンが駆け出してエジルの肩によじ登る。

次々と子どもたちの周囲を固める家臣たち。その中でレンがひとり、シローやロンの前に歩み出ていた。

（怒ってる怒ってる……）

その立ち居振る舞いを見れば付き合いの長いシローとロンにはレンの様子などすぐに察しがつく。

レンが最前線を張るようにドミトリーたちの前に立ちふさがった。

「こ、このっ……！」

ドミトリーにとって突然の乱入者が面白いわけはなく、歯噛みしてレンたちを睨みつける。

増援は思ったほど多くない。数の有利は俄然ドミトリーにあった。

「少し数が増えたぐらいでこちらの軍勢をどうにかできると思っているのか！」

圧倒的な数の有利、信じて疑わないオーガたちの実力。その全てをもってドミトリーが号令をかける。

「敵を排除し、子どもたちを奪い返せ！」

ドミトリーの声に反応して白いオーガたちが動き出す。

レンに摑みかかろうと四本角のオーガが手を伸ばし、突っ込んできた。その手が触れるか触れないか、その瞬間オーガの腕が上方に打ち上げられた。

「下がれ、下郎！」

手甲でオーガの腕を弾き、上体の起きたオーガの懐に潜り込んだレンの拳に黒炎が宿る。

「煉華散弾砲！」

打ち出された渾身のボディブローとともに解放された魔力が散弾となって纏めてオーガに叩き込まれる。巨軀を誇る四角の体がくの字に曲がり、黒炎の尾を引いて後方へと吹き飛んだ。

強烈な一撃をもってオーガを退けたレンの後ろ姿にウィルが目を見開く。

「れん、つのが……」

レンの側頭部には羊を思わせるような角が生えていた。そんな見たこともないレンの姿にウィルが戦慄《せんりつ》して頭を抱える。

「きっとうぃるがわがままをいってもりにきたから……」

怒ったレンに角が生えてしまったのだと。真剣に悩むウィルにさすがのハインリッヒたちも苦笑いを浮かべた。

「ウィル、違うと思うわよ?」

「そうよ、ウィルのせいじゃないわ!」

「ほんとー……?」

セレナとニーナに諭されてウィルが顔を上げる。怒っているのは間違いないが、それはウィルのせいではない。

ウィルを励ましながらセレナはなんとなく察していた。

「おそらくだけど……レンさんは魔族なのよ」

「まぞくー……?」

首を傾げたウィルが視線をレンへと移す。

戦闘を開始した大人たちの隙間からレンの姿を見たウィルはぽかんと口を開けていた。

◆

魔族。

角を有する亜人族の総称であり、その多くはフィルファリア西方の海を越えた大陸で生活している。

個体による特性が人間よりも顕著であり、身体的にも魔力的にも優れた者が多いとされている。

レンはその中でも特殊な部類に入る魔族であった。

（手応えはあったと思いましたが……）

黒炎に焼かれ、煙を上げながら背から落ちた四本角のオーガはややあってのっそりと体を起こした。その腹部に黒炎の痕はなく、白い肌が変わらず存在している。

「こいつらっ……！」

違う場所からも声が上がり、レンが微かに意識を向ける。声を上げたのはモーガンであった。彼の振り下ろした剣が一角の腕に受け止められて競り合っている。

いったん腕を弾き飛ばし、返した剣で胴を薙ぐ。斬り裂いたかに見えたその一撃が残した傷はすぐに修復を開始し、見る間に消えてまたモーガンに迫ってくる。

飛び退いて間合いを図ったモーガンが剣を構えて牽制した。

「硬い上に斬った端から再生しやがる！」

驚異的な復元能力。手応えはあっても前進を止めない白いオーガに手を合わせた者たちの表情が険しくなっていた。

「どうだ！　神の尖兵の力は！　無敵、無敵なのだよ！」

包囲を狭める白いオーガの勇姿にドミトリーが勝ち誇る。じりじりと距離を詰め始める軍団を冷めた目で見ていたマクベスが小さくため息を吐いた。

「無敵など……夢想もいいところだよ」

包囲が狭まり切ってしまう前に、マクベスが地面を蹴って一角に迫る。振り払うような強烈な一撃を繰り出す一角に対し、マクベスは最小の動きでその一撃を掻い潜り、頭部を摑んで地面に叩きつけた。

（強い……）

その一撃は誰もが目を見張るものでレンも感嘆するほどの実力が垣間見えた。おそらく自分たち【大空の渡り鳥】のメンバーと同等か、それ以上と思わせるぐらいに。

「フンッ――！」

頭を押さえつけたまま、瞬間的に力を籠めるマクベス。魔力が破壊の力となって一角に襲いかかり、そのまま一角の頭部を粉砕した。

「ひっ――!?」

凄惨な光景に子どもの何人かは声が引きつる。しかし頭部を破壊されても一角からは血も体液も飛び散らなかった。輪郭を失った体が霧散して地面に結晶が落ちる。

「なっ……」

その光景をすぐに受け入れられなかったのは当然ドミトリーだ。神の尖兵は無敵であると豪語した矢先に消滅させられてしまったのである。

一角を屠《ほふ》った手をぷらぷらと振ったマクベスが冷たい視線をドミトリーに向けた。

「こ奴らは邪神の残滓。生物ではなく、どちらかといえばエネルギー体のような存在だ。故に多少のダメージはエネルギーを消費してすぐに復元してしまう。倒すには胸部の核を貫くか、エネルギーを管理する頭部を無力化するか、エネルギーが尽きるまでダメージを与え続ければいい」

「馬鹿な……！」

古代より伝承されし怪物。その倒し方は復活させたドミトリーすら知らないことであったのだ。それなのにマクベスはさも当然のように知っていた。

「まくべすおじーさん、すごいー！」

ウィルや子どもたちから歓声が上がる。それに小さく応えたマクベスが跳躍し、また戦列へと復帰した。

驚異的な復元能力も種が割れてしまえばやりようはある。後退しかかった隊列はまた力を取り戻した。

「要はちょっと頑丈な人型《ひとがた》みてぇなもんか！　わかりやすいじゃねぇか！」

気を吐いたガスパルが手にした斧に魔力を漲らせる。

「言わせておけば……！」

小勢が猛る様が癪に障ったのかドミトリーが牙を剥き出した。

「それでも数の有利は変わらない！　我が軍勢に抗い続けられるはずないだろうが！」

「わからねぇよなぁ！　やってみなきゃよぉ！」

ガスパルが前に出て一角と打ち合う。それに続いて次々と戦いが激し始めた。

シローも戦闘前にあってウィルに視線を向ける。

「ウィル！」

「なに、とーさま？」

「ウィルは子どもたちを守れ！　いいな？」

「りょーかーい！」

元気よく返事したウィルが精霊たちに視線を送る。

ウィルには大人数での連携はまだ無理で、ウィルはシローの言葉の意味を正しく理解していた。

「みんな、おねがいー」

「任せて、ウィル」

代表して返事したアジャンタが精霊たちと力を合わせ、再度【精霊の城壁】を張り直す。少しの衝撃ではびくともしない防御魔法が周囲に張り巡らされて白いオーガたちの侵入を阻む。

「この場から離れるというのは……？」

激化する戦場に怖気づいた子どもが提案してくるがそれをセレナが却下する。

「駄目です。私たちが動けば戦場が広がります。そうなれば守る側が手薄になります」

「ナイス判断よ、ウィル」

その場に留まる選択肢をしたウィルをニーナが褒めた。姉に褒められたウィルは少し得意そうである。

一方、周囲の配置を確認したシローはロンに視線を向けた。

「ロン、レンとマクベスの三人で角が多い奴らを押さえられるか？」

「誰に言ってんだよ。押さえるさ」

レンもマクベスも黙って了承した。

「んで、お前はどうすんだ？」

「角の少ない奴らの数を減らす。さすがに多すぎるからな。一片、アロー、手伝え」

聞き返すロンにシローはそう答えて、今度は了承を待たず飛び出していった。当然、一片とアローはそれに従う。

「さて……」

シローを見送ったロンが首を鳴らす。目の前には巨軀の四本角と取り巻く三本角。

「派手にかますとしますか」

そう呟いた瞬間には、ロンは既に四本角の懐に飛び込んでいた。

(馬鹿な、馬鹿な、馬鹿な……！　なぜ押し切れん⁉)

目の前の光景はドミトリーにとってとても信じられないものであった。

個体ごとの性能差に加え、圧倒的な数的有利。手持ちのオーガ軍団は一貴族の私兵など問題になるはずがない戦力なのだ。それなのに目の前にいる者たちは誰一人逃げ惑うことなくオーガと対峙している。

力量の差は連携で、数の不利は立ち位置をずらすことで巧みに対応している。見た目はただの私兵であってもその動きは精鋭の騎士団と何ら遜色はない。普通なら一貴族がそんな戦力を保有することは国防の観点からも許されないことだ。

ドミトリーは知らない。トルキス家が普通の貴族ではないことを。そのためにトマソンやジョンの下で彼らがどれほどの修練を積んでいるか。トルキス家は並大抵の戦力では許されないのである。

(いや、まだだ！)

ドミトリーが動揺を押し殺して自身に言い聞かせる。

トルキス家が強者の集団であったとしても、それだけでは圧倒的な戦力差は覆らない。

いかに戦闘が拮抗《きっこう》したとしても数の有利は依然ドミトリーにある。子どもたちを守る防御魔法も強力とはいえずっと耐え凌げるものではない。角の数が少ないオーガでもいずれは子どもたちに到達できる。

(子どもたちの護衛は若い——どう見てもおまけでついてきたような奴らだ。そこから崩せば……!)

子どもたちさえ人質に取れれば戦力を温存したまま相手を無力化できる。

ドミトリーの考えは確かに戦略的で間違えてはいない。ウィルたちの防御魔法も永久ではないし、シローたちを無力化するのであれば子どもたちを盾にするのが最も効果的であっただろう。

だが、残念なことに彼は見誤っていた。その周囲を守る若者たちが決しておまけで連れてこられたわけではないということを。

「行ったぞ、ルーシェ!」

隙を突いた三体の一角が脇を抜けて子どもたちとその前に位置取るルーシェに迫る。

近づいてくるオーガたちに子どもたちから悲鳴が上がった。

「ルーシェさん!」

静かに待ち構えるルーシェに対して数的不利からセレナが声を上げる。しかし横からウィルが自信満々に告げた。

「だいじょーぶ、せれねーさま」

「ウィル……?」

ルーシェの窮地にもウィルは余裕であった。ルーシェの後ろ姿をウィルが見ればそれは当然のことであった。

「るーしぇさんはつよくなりました」

普通に見ただけでは誰にもわからなかっただろう。セレナもニーナも普段のルーシェとはあまり違わずに見えていた。だがその纏う魔力は以前のルーシェの比ではないことをウィルは気づいていた。

(性懲《しょうこ》りもなく子どもたちを狙うのか……)

ルーシェは怒っていた。それは温厚である彼にはとても珍しいことだ。しかし自身の兄弟が多いこともあり、子どもと接する機会が多いルーシェにとって子どもが狙われることは断じて許せることではなかった。

「あっ……」

防御魔法の外側を溢れた水属性の魔力が包み込み、子どもたちが声を漏らす。まるで水中から外を見ているような光景。ルーシェの魔力が一帯を包み込んで見せる幻想的な光景に子どもたちの目が奪われたのだ。

満ちた水属性の魔力の領域に一角たちが飛び込んでくる。

「水禍の陣・捻じれ上方」

ルーシェが天にショートソードを掲げた瞬間、三体の一角が激流に囚われ空中へと投げ出された。

「ナイストース！」

その空中に跳躍したモニカが身をひるがえす。猫獣人特有のしなやかな動きで舞うように態勢を整えたモニカが双剣を振るい、一角の胸部に剣を突き立て、首を跳ねる。

一瞬で三体の一角を屠ったモニカの視界に新たな影が映った。

「ルーシェ！　もう一体！」

遅れて飛び込んできた二角がその巨体の両腕を広げ、ルーシェに摑みかかった。

ルーシェが小さく息を吸い、構え直す。

「水禍の陣・捻じれ引き潮」

わずかに体勢をずらしたルーシェの脇に発生した流れが飛びかかった二角を捕らえて引きずり込む。

二角はルーシェを捉えることができず、無様に手を地につけた。

ルーシェの掲げたショートソードが青い輝きを放つ。

「流水剣！」

溢れ出た水の斬撃が間合いを伸ばし、巨体の二角の首を腕ごと斬り飛ばした。

瞬く間に消滅させられた三体の一角と一体の二角。

その見た目からは想像もつかないルーシェの勇姿に子どもたちの表情が憧れのそれに代わる。

それは少し前までのルーシェを知っていれば誰も想像できない姿だっただろう。

（これはこれは……）

軽やかに着地したモニカがルーシェの後ろ姿を見て目を細める。冒険者の先輩として見てもルーシェはどこにでもいるような気の優しい男の子だと思っていたのに。

（ミーシャさんの先見の明を褒めるしかありませんな……）

今この場にいるルーシェの勇姿。その後ろ姿はか弱き者たちを奮い立たせる少年剣士のものであった。

◆◆◆◆

白刃《はくじん》が煌《きら》めき、鬼の首が飛ぶ。

シローが駆け抜け魔刀を振るうたびに致命傷を負った鬼たちが消滅した。

対応して首を守った鬼には一突き。魔刀が胸に吸い込まれて鬼の核を穿つ。切り返して迫る鬼たちの首がまた飛んだ。

角の数が少ない鬼たちにシローを捕らえることはできず、シローは瞬く間に鬼の数を減らしていく。

「シロー！」

同じように鋭い爪で鬼たちを屠っていた風の一片がシローと背中合わせに着地した。

取り囲む鬼たちと対峙しながらシローが応える。

「どうした、一片？」

「……障りはないか？」

「さわり……？」

一片の言葉の意味がわからずシローが聞き返す。鬼たちが消滅しても人体に影響のある毒はないように思えてシローは気にしてもいなかったが。

シローの様子に一片は安堵ともあきれともつかないため息を吐いた。

「人型の首を跳ねて回っているのだ。昔のように心を病みはしないかと気にかけただけだ」

「あら、優し」

「ふん、お前に何かあるとセシリアや子どもたちが悲しむからな」

背を向けていても一片の気遣いはシローにちゃんと届いている。威厳のある幻獣の身の上で家族に対しての愛情を隠しもしない一片にシローは思わず笑みを浮かべてしまった。

「心配ご無用。子どもたちをつけ狙う悪い鬼退治だ。心は痛まないね」

「そうか」

はっきりと告げるシローに一片も安心したようである。だが、安心できないこともあった。

「こ奴ら……離れたところにも似たような気配を感じる。おそらくここにいるだけが全てではあるまい」

「戦力を温存してるんだろうな……」

幻獣や精霊と契約しているシローやエジルには鬼たちの異質な気配がよくわかる。おそらくウィルも感づいているはずだ。

敵の最終目標が帝都の制圧であるならば十分に考えられることだ。

そして心配はそれだけではない。

「魔獣の気配も濃くなってきている。氾濫まで時間もあまりないぞ？」

「それまでに敵が引いてくれればと思ったが」

一片もシローも森に渦巻く魔獣の異変を察知していた。魔獣が氾濫を起こすならこの場の危険度は白い鬼たちよりも高くなる。そうなる前にシローたちも撤退を始めなければ巻き込まれてからでは手遅れだ。

もうタイミングを見計らって子どもたちだけでも逃がす算段をつけなければならない。

「一片、子どもたちに付け……」

「お前はどうする？」

「みんなを置いてはいけない」

「……それは儂とて同じこと。お前を放っては行けぬ」

一片も子どもたちを逃がすことには賛成だ。しかし契約者であるシローを置き去りにできるはずもない。

「アロー？」

「嫌よ」

一片も頼みの綱として風の上位精霊であるアローに呼びかけたのだが。彼女は即座に拒否した。

「契約者と旦那様を置いて行けって？　できるはずないでしょ？」

近づこうとする鬼たちを魔法の矢で射貫きながらアローが反論してくる。

（どうする……？）

シローが考えを巡らせる。このまま鬼を狩り続けて事態は好転するのか。戦況を動かすには何かきっかけが必要だ。

状況は緩やかに、だが悪いほうへと確実に進んでいた。

「押し返せぇ!!」

盾を掲げた者が一角の拳を受け止めて、脇を抜けたガスパルが手にした斧を振り上げる。

火属性の魔力に包まれた斧の刃を一角の首に目掛けて振り下ろした。

「燃えろ!」

首筋を捕らえた斧の刃先から火柱が上がり一角を包み込む。首の傷と燃える体を修復し続けた一角が力尽きて消滅する。

「次だ!」

味方を鼓舞しながら戦うガスパルの姿は勇ましく、仲間たちも無傷ではないものの気を奮い立たせて不利な戦いに身を投じていた。

ガスパルもまた戦列に加わるべく踏み出そうとして。

「っ——!?」

一瞬、足の力が抜けて顔をしかめる。

(もうガタつき始めやがった……)

魔力の枯渇。

ガスパルの得意とする火属性系統の魔力は威力が高い分、消耗も激しい。ガスパルもトルキス家の厳しい訓練を受けている身ではあるが実戦は訓練よりも遥かに消耗する。強敵と戦い続けるとなれば尚更だ。

そんな一瞬の動揺が戦場では命取りになることもある。

「ガスパルさん‼」

わずかな意識の綻びからガスパルは反応が遅れた。巨軀を誇る二角が二体、ガスパルの死角をついて迫ってくる。

「ちぃっ！」

距離を取ろうとするも足が思うように動かない。

「来たれ土の精霊！　土塊の守護者、我が命令に従え土の巨兵！」

ガスパルの異変を察したモーガンが咄嗟にゴーレムを生成して二角を止めにかかるが一体止めるのがせいぜいで、もう一体は確実にガスパルへと辿り着いた。

巨大な拳が頭上からガスパルに向かって振り下ろされる。どうあがいても無事では済まないであろう一撃。

無駄と知りつつもガスパルはなけなしの魔力で障壁を展開して衝撃に備えた。

（くそ！　俺はまだ拾ってくれたシロー様やウィル様に何の恩返しもできてないんだぞ……！）

荒れていた冒険者時代。愚行を見かねて止めてくれたのはウィルであったし、その後、心を入れ替えて仕事に励んだことを評価してくれたのはシローであった。その恩に報いるため、ガスパルたち【火道の車輪】はトルキス家に仕えると決めたのだ。だというのに、自分はこんなところで離脱してしまうのか、と。

「――――っ⁉」

覚悟したガスパルが横から突き飛ばされて息を詰まらせる。

間に入ったのはエジルであった。

ガスパルよりも華奢《きゃしゃ》な体が二角の巨大な拳と衝突する。

「エジルさっ――――！」

周りから悲鳴が上がるが、エジルは腕一本で二角の拳を見事に受け止めた。と、同時に叫ぶ。

「ブラウン、やれ！」

「キュウッ！」

エジルの肩から飛び移った幻獣のブラウンが二角の腕の上を駆け上がり、その眼前で身をひるがえす。モフモフとしたブラウンの尻尾に土属性の魔力が宿り、巨大化した土の尾が鈍器の如く二角を殴り倒した。

間髪入れずに飛びかかったエジルが拳を受け止めたほうとは逆の手でショートソードを二角の胸部に突き立てる。土属性の剛力をもって突き立てられたショートソードは厚い胸板を貫いて二角の核へ到達し、二角を消滅へと追い込んだ。

機を逸したと判断したもう一方の二角がゴーレムを押しのけて距離を取る。

「大丈夫か？」

モーガンがガスパルを助け起こしながらエジルの背中に声をかける。エジルは油断なく構え直しながら微かに笑みを浮かべてみせた。

「大丈夫です。腕一本で済みました」

構え直しても受け止めた左の腕はだらんと下げている。骨が折れていた。

「すまねぇ」

「なに、仲間をかばうのは当然のことですよ」

仲間だと、そう言ってのけるエジルにガスパルの胸が熱くなる。

気を取り直したガスパルは腰元のポーチから小瓶を取り出し、一気に飲み干した。ウィルが開発した魔力回復のポーションがガスパルにもう一度戦う力を与えてくれる。

しかし戦況は依然不利。シローがものすごい勢いで鬼の数を減らしてくれているがまだ打開の糸口は見えていない。

(なにかきっかけがいる……戦況を動かすような大きな何かが……)

戦列を組み直しながら、エジルは痛む左腕を無視してジッとその時を待っていた。


戦況を見つめていたドミトリーは次第に冷静さを取り戻していた。

トルキス家は確かに強かった。だがそれでも即座に戦況をひっくり返せるほどの力はなかった。このままいけばいずれは数の力で自分が押し切る。そうならなくてもタイムリミットは迫っていた。

「私の勝ちだ」

その確信がドミトリーに余裕を持たせる。

しかし次の瞬間、風が吹き抜けてドミトリーは息を飲んだ。

いつの間にか眼下に忍び寄っていた影。それがトルキス家の人間――ラッツだと気づくのに時間はいらなかった。

（こいつ！　さっきまでガキどもを守っていたはずじゃ――！）

焦るドミトリー。ラッツがそんなドミトリー目掛けて腕を振り抜いた。

「――っ！」

ドミトリーが咄嗟に防御魔法の盾を展開してラッツの一撃を受け止める。

普通の剣であったのならその一撃は届かなかったであろう。しかし――。

「つぅ!!」

鎌の先端が魔法の盾を避けてドミトリーの脇腹に突き刺さった。

ドミトリーの盾とラッツの鎌がせめぎ合う。

「何をしている！　追い払え！」

ドミトリーの声に反応した四角が鎌を押し込もうとするラッツに襲いかかる。摑みかかる四角の腕を軽やかにかわしたラッツが鎌に魔力を込めて今度は四角を狙った。

「大鎌・弧月！」

振り抜いた鎌の延長線上、風属性の大鎌が四角の首へと放たれる。鋭い斬撃を腕で受け止めた四角の足が止まる。その隙に距離を取ろうとしたドミトリー目掛けてラッツが何かを投げつけた。

「くっ!?」

咄嗟に身をかわすドミトリー。その頬を掠めた何かが後方の樹の幹に直撃して表面を破壊する。

「鉄……!?」

「チッ……」

投げつけられたものの正体に気づいたドミトリーが驚きの声を上げ、舌打ちしたラッツが手にした鎖を引いて先端の分銅を回収する。

（浅かったか……）

四角とドミトリーに対して油断なく構え直すラッツ。

一方、ドミトリーは血がにじむローブを見て顔をしかめた。

（飛行用のローブが……）

彼らの行う飛行魔法はローブの魔道具を発動させたものであり、直接的な攻撃に弱いという欠点があった。だから敵と距離を取っていたというのに。ラッツの鎌が突き刺さったことで魔道具としての効果を失っている。

いつの間にか接近していたラッツに気づかなかった。ラッツが隠密活動に秀でた人物と知っていれば未然に防げたかもしれないが。

「もう油断はせん」

ドミトリーと四角がラッツに照準を合わせる。

ラッツとしてはドミトリーに深手を負わせるなどして無力化、もしくは撤退に追い込みたいところであった。

「時間をかければお前たちの逃げ場はなくなる。人質は失うが、ここでお前たちだけでも葬《ほうむ》り去ることができれば上出来だ」

ドミトリーも気づいている。森の魔獣たちの氾濫がもう間もなく始まるであろうということに。

（どうする……？）

時間はない。もしもの時は刺し違えてでもドミトリーを仕留めなければならない。そしてそれができるのは今のところラッツ、ただひとりである。

生きるか死ぬか、決断は魔獣の氾濫よりも先に下さなければならなかった。

（みんな、頑張って……）

精霊たちが展開する防御魔法の中でセレナが祈るように戦う者たちを見守る。

後方に位置するこの場所からは周囲の戦況がよく見えた。

レンやロン、マクベスといった猛者たちが角の多い鬼たちと一進一退の攻防を繰り広げる様。駆け回るシローや一片がものすごい速度で鬼たちを斬って回る様。一番近くで鬼たちを食い止めるトルキス家の家臣たちと、独り果敢に敵の首魁《しゅかい》に挑むラッツ。

固唾《かたず》を飲んで見守る子どもたちの中で最初に異変に気づいたのはニーナであった。

食い入るように戦況を見つめていたニーナはその才覚で異変に気づいて顔を上げた。

「セレ姉さま！」

「どうしたの、ニーナ？」

いきなり声を上げる妹にセレナだけではなく子どもたちや傍に控えるマイナとデンゼルも視線を向ける。

「鬼たちの動きが変わったわ！」

「えっ……？」

それは近距離戦闘の押し引きに詳しい者だけが気づく些細なものであった。

マイナがその潮目の変化を注意深く観察する。

「鬼たちの圧力が減った、ということですか？」

「そう！」

マイナの答えにニーナが頷いてみせる。

前線で立ち回る強者の戦闘だけでは決して察することができない些細な差である。

「さっきまで角の少ない鬼たちは私たちにどう到達するか、という動きだったわ。でも今は攻めながら守り手を崩そうとするような動きでこちらを目指してない」

それが証拠に最後尾を守護していたルーシェやモニカの戦闘が防御壁の前から離れ始めている。

「……確かに」

マイナが相槌を打つ。ニーナの言っていることはおそらく正しい。オーガたちは狙いを子どもたちから別の何かへ移したように見える。

「でも、どうして……？」

「わかりません！」

セレナの疑問にニーナがはっきり答えてセレナが苦笑する。

どうやらニーナは目で見た事実を告げたに過ぎないようだ。しかしその事実から仮説を立てることはできる。

「セレナお姉さま、もうすぐ魔獣が氾濫を起こすわ！　そのせいかも！」

アジャンタが精霊たちを代表して森の様子を告げる。

ウィルにもその様子は伝わっていた。

「まそが……」

ウィルの目に森の奥深くへと流れていく魔素が見える。まるで力を溜め込むようなその動きはその後に訪れる反動を示しているかのようで不気味だ。

「もし氾濫が起きたら私たちの防御壁でも無事にいられる保証はないわ……」

今度はシャークティが冷静に現状を分析する。この強固な防御壁でももしのぎ切れないかもしれない魔獣の暴走。外にいる者たちはひとたまりもないだろう。敵が自分たちを人質にすることを諦め、時間を稼ごうとしているのであれば白い鬼たちの動きに変化があったとしても不思議はない。

事実を伝えられて子どもたちは表情を曇らせた。

（なんとか撤退する方法を……）

セレナが今一度外の戦場に目を向ける。おそらくシローたちも現状を打破すべく思案しているに違いない。だが白い鬼たちを相手にして何らかの行動を起こせるような隙は今のところセレナの目から見てもなかった。

（この人数を氾濫の前に撤退させる方法……）

戦いに身を投じているシローたちよりも後方にいて戦況を見守っている自分のほうが隙を見つけられるはず。そう信じてセレナが思考を巡らせる。

そんなセレナの後ろで。きょろきょろと周りを見回していたウィルが少し申し訳なさそうな顔をした。

「くろーでぃあ……」

「どうしたの、ウィル？」

しょんぼりとするウィルと不思議がるクローディア。ウィルはクローディアを見上げるとおずおずと告げた。

「ごめんねー……」

何を謝っているのか。クローディアだけでなく他の者もわからず首を捻る。

その答えを示すようにウィルが少し魔力を込めると察したクローディアたちが小さく声を漏らした。

「もりをきずつけちゃうかもー……」

「ウィル……」

ウィルの頭をクローディアが優しく撫でる。

ウィルは優しい。森に入ってからウィルは広場以外で大きな魔法を使っていない。おそらく森の樹が傷むと樹属性の精霊であるクローディアが悲しむと思っているのだ。だから魔法を使おうと決心したウィルは先にクローディアへ謝った。

そのことに感づいて精霊たちが微笑む。だからウィルが好きなのだ、と。

クローディアが屈んでウィルと顔を合わせる。

「大丈夫よ、ウィル。ウィルは無暗に森を傷つけたりしないもの」

「うんー……」

「森だって少しのことでへこたれたりしないわ。だからみんなを助けましょう」

クローディアの許しを得て、ウィルがこくんこくんと頷いて。その目に力が宿る。

ウィルが何か大きな魔法を使う。そのことだけはセレナにもすぐに理解できた。

ウィルが魔法を使うには展開している防御魔法を解かなければならない。危険ではあるが子どもたちへの圧力が減っている今ならウィルは安全に魔法を放つことができる。

あとはどのような魔法であるのか。威力は、範囲は、発動までの時間は。

その全てを知った上で外にいる者と連携しなければならない。

クローディアから説明を受けたセレナの頬が引きつる。そして足元のウィルに視線を向けた。

「ねーさま、みんなでおうちにかえろー」

ウィルの表情は怒っているわけでも勇んでいるわけでもない。ただみんなと帰りたいと願う純粋な気持ち。それが表情から溢れていた。

「……そうね」

セレナが優しくウィルを撫でる。非の打ち所のない名案である。

そんなウィルの名案を実現すべく、セレナが思考を巡らせる。戦況の端々を頭の中へ叩き込んで。

一度目を閉じたセレナが目を開き、顔を上げた。

「ライム！」

セレナの呼び声に呼応して雷の幻獣ライムがその肩に顕現する。

セレナがマイナと打ち合わせ、ウィルとクローディアが前に出て並び立った。

「ウィル、クローディア様、お願いね」

「まかせてー」

「ええ」

ウィルとクローディアが短く応えて。

セレナと目配せをしたアジャンタとシャークティが防御魔法を解いた。同時にウィルとクローディアが魔力を練り始める。

【戯れの小箱】から双剣を引き抜いたマイナも戦列の最後尾に加わった。

「「「なっ⁉」」」

子どもたちを守る防御壁が解けてそれに気づいた者たちから驚きの声が上がる。同時にセレナの通信魔法が声なき声となってトルキス側の面々の頭に響き渡った。

『ウィルが魔法を使います！　前線は下がって！　家臣の皆様は後退しつつ白い鬼を牽制して！』

「ラッツー‼」

マイナが声を張り上げ、その意図に気づいたラッツが微かに笑みを浮かべる。ウィルが魔法を使う。この状況で使う魔法ならそれ相応の威力になるはずだ。であれば如何にウィルといえども多少は発動に時間がかかるはず。

（まったく。坊はとんだお子様だな！）

そう胸中で呟くラッツの心は躍っている。今し方、刺し違えるかどうか悩んでいた自分が馬鹿みたいだと。

ラッツが腰元のポーチに手をかけ、取り出したものを勢いよく地面に叩きつけた。弾けるように煙が上がる。

「煙幕!? しまった!!」

煙に巻かれたドミトリーが舌打ちする。

魔獣の氾濫がもう間もなくというところでドミトリーは狙いを子どもたちから時間稼ぎへと移した。自然と鬼たちは引き気味に戦うことになる。そこを突かれた。

「くそ! ガキどもを!」

煙の中からもがき出て、ドミトリーが子どもたちのいるほうへと視線を向ける。

そこには既に後退したトルキス家が全員で子どもたちを護衛していた。

そしてそんな彼らの先頭に精霊と並んで立つウィルの姿がある。

「くっ……」

それが何を意味しているのか。ドミトリーにわからないはずがなかった。

自分を撤退へと追い込んだ規格外のお子様魔法使い。そんな幼子が精霊と並び立って自分たちのほうへ小さな掌を向けているのである。

(みんなとおうちにかえるんだ……)

ウィルの願いに呼応するかのように魔素が集まり、魔力が膨れ上がっていく。

森を駆け抜けていく膨大な魔力に気圧されてドミトリーの心に粟が立つ。

小さく息を吸い込んだウィルがその小さな口で呼びかけた。

「したがえ、くろーでぃあ」

「そのガキを止め――!!」

恐怖に駆られたドミトリーが声に出せたのはそこまでであった。

ウィルとクローディアが声を揃えて詠唱する。

「【刺鞭の葬送！ 我が敵を飲み込め、深緑の嵐】」

魔力が意味を成し、溢れ出た大量の蔓が縦横無尽に駆け巡った。蔓が蓄えた棘が刃と化し、触れるものを見る間に削り取る。草も木も白鬼も。すべてを飲み込むかのように。

魔法が蹂躙《じゅうりん》する様を見たトルキス家の面々も子どもたちもここが戦場であるということを忘れてぽかんと口を開けてしまった。それほど圧倒的な魔法だ。

広域殲滅《せんめつ》魔法【刺鞭の葬送】。

精霊であるクローディアと力を合わせればその威力も攻撃範囲も爆発的に広くなる。とはいえ。

魔法が効力を失い消えた後には何も残らなかった。ドミトリーの姿も鬼たちの姿もどこにもない。

あるのは魔法による破壊の爪痕だけ。砕けた草木が痛々しい姿をさらしており、旧街道を中心に歪な広場が出来上がっていた。

「撤退したか……？」

「おそらく。人を捉えた感じはありませんでした」

シローの疑問にクローディアが何でもないような口ぶりで静かに答える。普段は優しいクローディアであるが彼女もウィルの敵には容赦をしない、ということなのだろう。

そんなクローディアと並び立つウィルであるがその表情は森を傷つけてしまったせいか、やはりどこかしょんぼりとしていた。

「やりすぎたとおもっている……」

そんな言葉がついて出る始末である。敵を追い払ったウィルを責める者などないというのに。

「ウィルはみんなを助けたんだ。気に病む必要はないんだよ？」

シローが優しくウィルを撫でるとウィルは納得してシローの手に甘えた。

シローがウィルから手を離し、家臣や子どもたちに向き直る。

「撤収だ。家に帰ろう」

シローのその言葉に全員の表情が明るくなった。

まだすべてが解決したわけではないが、ウィルたちは見事敵の魔の手を払い除けたのであった。


〈了〉

特別収録

エピソードゼロ
大空の渡り鳥と魔界の貴族

original episode

will sama ha
kyou mo mahou de
asondeimasu.

その日の夜、レンは珍しくひとりであった。

厳密にはシローたち【大空の渡り鳥】のメンバーは出払っていて、レンはさる貴族邸に預けられていた。

レンの周りにはさまざまな美しいドレスを手にした高貴な娘たちがおり、レンの体にあてがっては興奮気味に騒いでいた。

「見て、これなんかどう？」

「こちらのほうがお似合いじゃないかしら？」

「…………」

正直ちょっと恥ずかしい。蝶よ花よと愛でられることに慣れていないレンはいつもの無表情ではあるもののほんのり頬を赤らめるという何とも器用な反応を示し、それが貴族の女性たちの心を摑んでいた。

「まぁまぁ……あなたたち、そんなに騒いでみっともない。レンさんも戸惑っているじゃありませんか」

メイドを連れて部屋に入ってきた夫人がレンを取り囲む娘たちを見て少しあきれたようにため息を吐いた。

エスカレートしていた自分たちの振る舞いに気づいて恥じたのか、娘たちが一歩下がる。

夫人は歩を進めてレンの前に立った。

「ごめんなさいね。娘たちもあなたの境遇を知ってなんとか励ましたいと思っているのよ」

謝罪を述べる夫人にレンがこくりと頷く。

彼女たちはレンの境遇の全てを知っているわけではない。間を取り持ったライオネルが重要なところは伏せて話している。しかし自分たちと敵対する犯罪組織に両親を殺されて旅に出たと知れば気にかけるのも頷ける話であった。

理解を示したレンを見て夫人も笑みを浮かべる。そして傍に控えたメイドからあるものを受け取った。

「そんなレンさんにはこんなドレスはどうかしら！」

「そ、それは……!?」

「我が家に伝わるそこはかとなくセクシーに見えるドレス！」

「レンさん、肌綺麗だから似合うと思うのよー」

驚愕する娘たちの前でレンにドレスを宛がう夫人。どうやら夫人も娘たちの仲間に入りたいらしい。

丁寧にドレスのコンセプトまで聞かされたレンがまた無表情のまま頬を赤く染めて。

（お兄ちゃ――シローたちに付いていけばよかった……）

貴族邸に残ったことを少しだけ後悔した。

別に好意を迷惑と思ったわけではない。むしろ気にかけてくれるのは嬉しい。ただ少し恥ずかしかった。

シローたちは今、闇に乗じて暗殺者集団の根城へ強襲をかけている。事前の調査で潜伏先を割り出したシローたちは騎士や兵士たちと連携して一気に敵を殲滅するつもりなのだ。

（戦場ならこんなムズムズすること、なかった……）

レンは今回の戦いに置いていかれた。敵はレンの命を狙っているため、攻撃を集中される恐れがあるからだ。相手を倒せてもレンが傷ついたら負け、とはシローたちが考えそうなことである。

「このドレスを着るなら下着も変えたほうがいいかしら？」

「ま、まさか……!?」

「我が家に伝わるそこはかとなくセクシーに見える下着まで!?」

「ドレスだけ着飾っても、と思うのよねー」

レンをそっちのけでヒートアップしていくお貴族様たち。

着せ替え人形となってしまったレンもさすがに黙っておれず、ノーと言ってしまうのであった。


「行けっ！　ひとり残らず捕らえろ！」

スラムの一角を包囲した兵士たちが騎士の号令に従って暗殺者のアジトへと殴り込む。スラムに偽装したアジトには大した備えもなく、兵士を次々と飲み込んでいく。先陣の兵士と暗殺者がぶつかって室内に喧騒が響き渡った。

「本国が失態をこちらに持ち込まなければこんなことには……」

奥の間で状況を報告された頭目の男が深々と息を吐く。妨害はあったものの、彼らの裏工作は功を成していた。それが現在の状況にまで追い込まれたのは本国の暗殺部隊が持ち込んだレンという名の少女の暗殺計画のせいであった。

本国の命令とあらば手を貸さないわけにもいかず、戦力を手配したわけだが。手配した戦力は一瞬にして壊滅。多くの手勢を失った。それどころかこちらの潜伏先まで特定されて踏んだり蹴ったりである。

「いかがいたしますか？」

配下の男に今後の指示を問われ、頭目の男はしばし黙考した。

暗殺者である彼らの任務失敗は死を意味する。死して素性も任務も闇に葬らなければならない。だが正直な話、本国の失態を擦《なす》りつけられて死にゆくのは馬鹿馬鹿しすぎた。

今は軽々に死を選ぶのではなく、伏す時だ。

そう結論付けて頭目の男が動き出す。

「地下通路から撤収する」

多くは連れていけない。兵に気取られる前に姿を消し、全滅したと思わせなければ潜伏する意味を失う。そうして機を見て活動を再開すればいいのだ。

「急げ」

決断してからの彼らの動きは俊敏であった。わずかな手勢を引き連れて偽装された地下通路への入り口に向かう。自分たちが通った後、通路の入り口を塞げば追手は撒ける。

そう確信して地下通路の入り口を開いた。

「はぁい、ここは通行止めでぇす！」

「なっ――!?」

地下通路の中から褐色の大男が現れて先頭にいた暗殺者が驚愕する。その隙を逃さずに飛び出した大男は暗殺者の顔を摑んで一気に壁へと叩きつけた。

「き、きさま……ライオネル！」

「薄汚ねぇ犯罪者ってのは地下を這いずるもんだ。そうだろう？」

「くっ……」

散々自分たちの邪魔をしてきたライオネルが秘密にしているはずの地下通路から現れて頭目の男が表情を曇らせる。

(だが奴ひとりならば……！)

ライオネルは地下通路を塞いでいるわけではない。逃げ込めれば熟知している暗殺者たちのほうが有利なはずだ。

そんな風に考えを巡らせた頭目の男がわずかに意識を地下通路のほうへ向ける。しかしそこまでであった。

「ふっ——！」

ライオネルに続いて地下通路から飛び出したシローが魔刀を振り抜く。一瞬にして煌めいた剣閃が次々と暗殺者たちの意識を刈り取った。

動く者がいなくなってシローが魔刀を鞘に納める。その様子を見たライオネルも自身の手で気絶させた暗殺者を床に転がした。

「ふっ……俺たちから逃げられるわけがないだろう」

自信満々に暗殺者を見下ろすライオネル。しかし後から地下通路を上がってきたロンたちはあきれたような表情をしていた。

「なにお前の手柄みたいに言ってんだよ。地下通路の存在を突き止めたのはシローとカルツじゃねーか」

「そう言うなって。俺たち【大空の渡り鳥】の仲間じゃないか」

「勝手に仲間になるな！」

好き放題言ってのけるライオネルにロンが抗議の声を上げる。実際ライオネルが【大空の渡り鳥】に加入するなんて話は一度も議論していなかった。

「まったく……」

まるで悪びれた様子のないライオネルにロンたちが呆れ返っていると、配下を従えた騎士がシローたちのほうへ歩み寄ってくるのが見えた。

「みなさん、お疲れ様です」

騎士は配下の兵士に暗殺者たちを捕縛するよう指示を出すとシローたちに一礼した。

「このアジトはほぼ制圧できました。残るは裏で協力していた豪商を捕らえるのみです」

ライオネルとシローたち【大空の渡り鳥】は領主の依頼を受けて犯罪組織の調査を手伝っていた。

彼らの活動は幅広く、一見すると何の利益もないような活動もあり、また彼らの活動資金の出所も気になる点が多かった。

疑問を持ちながら調査を進めた結果、暗殺者集団のアジトを突き止め、同時に裏で手を組んでいた商人の存在が浮上した。この商人が活動資金を援助し、その見返りとして暗殺者集団を動かし利益をむさぼっていたのだ。

「間を空けるわけにはいきません」

「そうだな。このアジトが陥落したのを知れば商人も逃げるだろうし」

カルツの言葉にヤームが頷く。今回の作戦はアジトと豪商宅を同時に制圧し、黒幕を拘束しなければ勝利とは言えない。しかし豪商宅は市街地にあるため、兵を動かしてはすぐに気取られる可能性があった。そこでまずは暗殺者たちを強襲し、続けて商人を拘束することになったのだ。

「申し訳ありませんが、みなさん……」

「おおよ、あとは俺たちに任せときな」

騎士の頼みをライオネルが胸を叩いて請け負う。兵を動かせないのであればここから先は少数精鋭。豪商宅にはシローたちだけで突入する手筈となっていた。

「カルツ」

「お任せください、スート」

「ほい、きたぁ」

シローが多くを言う前にカルツが理解を示し、契約している空属性の精霊であるスートを呼び出す。

カルツとスートが魔力を合わせ、魔法を発動すると魔法陣がシローたちの足元に広がった。次の瞬間にはシローたちの姿は消え、その場には騎士と暗殺者を捕縛し終えた兵たちだけが残った。

シローたちを見送った騎士が踵を返す。

「よし、暗殺者どもを連行しろ。手が空いた者は増援に向かえ。誰一人として逃がすなよ！」

「「はっ！」」

指揮官の命令に兵が声を揃え、彼らはアジトの完全制圧に乗り出すのであった。

突如視界が切り替わり、シローたちが着地する。場所は豪商宅の斜向かい。その平たい屋根の上である。

「んー便利だねぇ空間転移」

気をよくしたライオネルが屋根の縁に足をかけて豪商宅のほうを覗き込んだ。通りには等間隔に配置された灯りが並び、まだ人通りもある。

「さてさて、あちらさんは――」

軽い調子のライオネルに一同あきれた様子であったが。次の瞬間、空気が変わってヤーム以外のメンバーに緊張が走った。

シローたちが黙ってライオネルの横に並ぶ。

「おい、どうしたんだよ？」

ヤームだけが一拍遅れてシローたちの変化を感じ取って後に続いた。

全員が豪商宅を視界に納める。静まり返った豪商宅は何の変哲もない大きな邸宅に見える。だがその異変は感じ取れる者には感じ取れていた。

「なんだ、このプレッシャー……」

ロンがぽつりと呟く。

豪商宅には光が灯っていた。だが人が生活している気配はまるでない。人通りのある立地と相まって、そこだけ空間が切り取られたような異様な雰囲気を醸し出していた。

「いくぞ」

意を決したシローが返事を待たずに屋根から飛び降りる。

何があろうとこの家の商人を捕らえなければ依頼は果たせない。シローたちに引き返すという選択肢はなかった。

ロンたちもシローの後に続き、それを目にした通行人たちが何事かと目を丸くする。

シローたちは警戒したまま豪商宅の敷地内へと足を踏み入れた。見張りも誰もいない。あっさりと門を通過して前庭に到達した。進めば進むほど得体の知れない圧力が増してくる。

「なんだよ、これ……」

ヤームの頬を汗が伝う。ここまで来ればヤームにもわかった。肺を締めつけられるような重い空気。油断すれば吐き出してしまいそうな恐怖だ。

開けたところまで出たシローたちはそこで足を止めた。

老人がひとり、ポツンと立っていた。背筋がしっかりと伸びた老紳士で一目見れば威圧感の正体が彼であることが理解できる。周りには動かなくなった私兵が転がされていた。

老人の口が静かに開く。

「待っていたよ」

その言葉が合図となって光の壁が老人とシローたちを囲う。殺風景な四角い箱に閉じ込められたような状況にシローたちが警戒心を引き上げ、風狼である風の一片と空属性の精霊であるスートも姿を現した。

「気をつけろ、カルッ！　この爺さん、ただ事じゃないぞ！」

「わかっています。この空間を切り取った現象……魔法の類ではありません」

スートの忠告にカルッもすでに臨戦態勢である。

同様に風の一片もなんとなく目の前の老人の正体を察していた。

「この世界に属せぬ力……魔族か？　それも高位の？」

「そうだよ」

一片の言葉を老人が肯定する。

「魔界の爵位級だよ。元、だがね」

シローたちは老人の効きなれない言葉を一瞬理解できなかった。即座に反応できたのは一片だけであった。

「魔界の爵位級だと!?　それが我らに何の用か!?」

「なに、君たちの力を試したいのだ。レンという少女を守るに値する者かどうかをね」

答えた老人の姿が一瞬にして消える。気づいた時には彼の姿はヤームの背後にあった。

強烈な蹴りがヤームを襲う。蹴り飛ばされたヤームは声を上げる間もなく地面を転がった。

「野郎っ！」

近くにいたライオネルが大剣を老人に向かって叩きつける。豪快な一撃は半身ずらした老人の脇を抜け、老人の拳がライオネルの巨体に突き刺さった。

体格差をものともしない老人の一撃にライオネルの体がくの字に折れて、ヤームと同じように吹き飛ばされる。

老人の体が踏み込んだときと同じように消えて残るシローたちと距離を取った。

「ぐっ……がはっ……」

「ヤーム、大丈夫か！」

ロンが警戒しながら体を起こすヤームを気遣うがヤームに応える余裕はなさそうだ。ライオネルのほうはというと微動だにしなかった。交差するように攻撃を受けてしまったため力を逃がせなかったのだろう。

「彼が一番弱く、意識を刈り取るつもりで攻撃したのだがね。よく反応したものだよ」

老人は素直にヤームを評価した。その口調から余裕がありありと伝わる。

実力の差は今の一連の動きでシローたちにも理解できた。本来であれば心しなければならない相手。だがシローは老人に聞いておかなければならないことがあった。

「あんた、何者だ？　レンのいったいなんなんだ？」

「……私の名はマクベス。マクベス・ヴァーミリオン。少女の祖父にあたる魔神である」

「魔神……!?」

魔神とはおとぎ話に出てくるような存在であり、自分たちとは異なる世界に住まう魔族の神々。爵位級とはその上位にあたる存在だ。

頭ではわかっていても理解が追いつかず、身動きが取れないシローたちに一片の檄《げき》が飛んだ。

「来るぞ!」

マクベスと名乗った老人の姿がまた消える。だが今度はロンがマクベスの出現位置に回り込んだ。

「ふむ、ついてくるかね」

「何度も同じ手が通用するか!」

上手く対応したロンだがそれでも攻防の一手先を行かれる。すり抜けたマクベスの拳がロンの顔面を捕らえてロンが後方へ吹っ飛んだ。

「捕らえなさい、スノート!」

「これでもくらえ!」

ロンと入れ替わるように精霊魔法を展開したカルッとスートがマクベスを拘束する。だがそれも一瞬のことであった。

「厄介だよ、君の魔法は」

「こいつ! 空間ごと捻じ曲げてっ!」

無理やり精霊魔法を捻じ曲げたマクベスにスートが悲鳴じみた声を上げる。マクベスはそのまま魔力の塊を投げ返し、カルッとスートをまとめて薙ぎ払った。

一瞬。ほんの一瞬の出来事であった。

マクベスが一瞬シローから目を離した隙にシローと一片はマクベスの脇を抜けて魔刀と爪を振り抜

いていた。

「問題は君だよ、少年」

「――――っ⁉」

タイミングは完璧であった。ロンが弾かれ、カルツとスートが隙を作り、シローと一片の一撃はマクベスを捉えるはずであった。

しかし実際はシローの魔刀も一片の爪もマクベスには届かなかった。一片の爪はマクベスの衣服を掠め、シローの魔刀は腕ごとその一撃を封じ込められた。

マクベスの拳がシローを捕らえ、体がくの字に折れ曲がる。摑まれた腕が吹き飛ぶことを許さず、その場に崩れ落ちたシローをマクベスが踏み止まったカルツたちのほうへ投げ捨てた。

「どわっ⁉」

スートが潰されるようにシローを受け止める。

一片は追撃の手を入れず、そのまま距離を取った。

すぐに動き出せる者がいなくなってマクベスが見下ろしたシローに口を開く。

「君は強くなることを拒んでいるのではないかね？　強くなればなるほど手にかけてしまう人間が増えるのではないか、と……」

「………っ⁉」

そう考えていたかどうかはシロー自身もはっきりとはわからなかった。だが強くなる自分にどこか不安を覚えていたのは事実であった。

「今もそうだ。君は私がレンの関係者だと知って力を抜いたな」

無意識にシローは力を抜いていた。マクベスの実力があればそれは簡単に見抜けることだった。強くあろうとする躊躇いがシローの剣を鈍らせている。

「君は格上相手にも死力を尽くせず、真の実力を発揮できないでいる。君はそれでもレンを守れると言えるのかね？」

ぐうの音も出ない。出ないが、シローが戦いを辞めるわけにはいかなかった。シローはレンの両親の墓前でレンを守ると誓ったのだから。

闘志を失わないシローを見て、マクベスは小さく息を吐いた。

「逆だよ、少年」

「…………？」

言葉の真意がわからず動けないシローにマクベスが続ける。

「強くなれ。人を生かして制するためには人を斬って捨てるより遥かに勝る実力が必要なのだ。敵すらも殺したくないと思うなら強くなれ。そうして初めて選択肢は生まれるのだ」

「隙ありぃぃぃぃっ！」

話の腰を折るように、今まで微動だにしなかったライオネルが跳ね起きてマクベスの顔面に強烈な跳び蹴りを放った。

「そんな奇声を発していたらせっかくの奇襲が台無しじゃないかね？」

「んなぁ⁉」

ライオネルの蹴り足をあっさり捕まえたマクベスがそのままライオネルを地面に叩きつけて投げ捨てる。ライオネルはまた動かなくなった。

ぱんぱんと両手を打って払ったマクベスが構えを取る。

「話は終わりだ、少年たちよ。私に一太刀入れてみよ」

マクベスの圧力はさらに増し。身震いするほどのプレッシャーの中でシローたちは果敢にマクベスへと挑むことになったのであった。


どれくらいの時間が経っただろうか。空間が隔離されているだけでも時間の感覚に狂いが生じる。激しい戦闘が行われれば尚のことだ。

「これくらいにしておこうか」

マクベスが構えを解くと同時に周辺の囲いが消える。外の様子は囲われる前と変わっていなかった。

マクベスの周りには力尽きて動けないシローたちが横たわっている。全員、息はあった。そもそもマクベスに命のやり取りをするつもりは毛頭なかったようだ。

それを理解してか、一片は途中から戦闘に参加していなかった。

歩き出したマクベスが一片の前で足を止める。

「君は戦闘に加わらなかったな」

「こ奴らを鍛え直すいい転機になるかと思ったので」

「それは期待したいものだな」

短いやり取りであったが満足いく答えを聞けたのだろう。マクベスはそれ以上追及してこなかった。

そのまま立ち去ろうとするマクベスに一片が尋ねる。

「レンには会っていかないので？」

「いまさら会わせる顔もない。秘密にしておいてくれると助かる」

娘は殺され、孫のレンにも何もしてやれていない。マクベスに名乗り出るつもりはなかった。ただシローたちに何かあればレンが悲しむ。だから今回のような真似をしてきたのだろう。

マクベスの目にはシローたちの実力はまだまだもの足りないのだ。

「ああ、そうだ……」

一片とすれ違ったマクベスが思い出したかのように立ち止る。

「君たちのターゲットであった商人は彼の部屋で縛り上げている。それに組みする者も全員そこらで寝ているだろう。君たちの邪魔をした私からのささやかなプレゼントだ」

それだけ言い置いて、マクベスは今度こそ去っていった。

吹き抜ける風が地に伏すシローたちを撫でていく。

「くっそ……」

なんとかもがいて身を起こそうとするシローの頭を一片が踏みつけて動きを制した。

「寝ていろ。もう少しすれば増援の兵たちが到着する」

他の者たちも体を起こそうとしているが似たり寄ったりだ。起き上がれる者は誰もいない。全員が絶妙な力加減で痛めつけられていた。

身を起こすことを諦めたのか、シローが手足を投げ出す。その視線はぼんやりと空の星を眺めていた。

「世界は広いな……」

まるで歯が立たなかった。それはシローにとって生まれて初めての完敗であり、【大空の渡り鳥】の敗戦であった。

相手は魔神。この世の最強格だ。だが一片は相手が悪かったとは言わなかった。

「シロー、強くなれ。そのために儂はいるのだ」

「…………」

シローは答えなかった。しかしその目に宿る意思ははっきりとしていた。負けた者の眼差しではない。一片にはそれだけで十分理解できた。

シローの頭から足をどけて一片がうずくまる。一片の耳に増援の靴音が聞こえたのはそれからすぐのことであった。

〈特別収録　エピソードゼロ　大空の渡り鳥と魔界の貴族／了〉

あとがき

この度は『ウィル様は今日も魔法で遊んでいます。8』を手に取っていただき誠にありがとうございます。綾河ららです。久しぶりのあとがきとなっております。

本書は帝都編の佳境ということで引き続き新キャラクターがわさわさ出てきております。彼らとウィルの交流も楽しんでいただけると嬉しいです。またウィルと契約することになった精霊たちも大活躍します。

せっかくなので、今回はウィルと契約した精霊たちが今現在どんな感じの子たちなのかをちょっぴりお伝えできればと思います。

アジャンタ。
ウィルが初めて出会った風の精霊の一柱。ウィルのことを最初に認めた精霊で、そのことをアジャンタ自身も自負している。
心根は優しい精霊なのだが積極的で言いたいことをはっきり言うタイプで、他の精霊に対して（特にウィルに好意を寄せてくる精霊に対して）素直になれないことも多い。でもいい子。
支援系の魔法を苦手としていたがウィルが風属性の支援系魔法を多用するので隠れて一生懸命練習した。意外と器用でいろんな風魔法を使いこなすことができる。

シャークティ。

ウィルのゴーレム生成に興味を惹かれた土の精霊。

普段は大人しく物静かであるが興味を持ったときの行動力はずば抜けており、単独でトルキス邸までやってきてウィルに見つかってしまう。

客観的に物事を判断でき、落ち着いた雰囲気の彼女はウィルにとって良き相談相手になっている。

主に生成系の魔法を得意としており、ウィルの無茶振りなどで魔法に新しく効果を付け足したときのバランスの取り方が絶妙。


クローディア。

ウィルに恩人だと思われている樹の精霊。困っていたのはお互い様なのだが、レンを治療して助けたことでウィルの信頼は厚い。

恥ずかしがり屋で温厚な精霊であり、ウィルの素直な好意によく顔を赤らめている。

回復や解毒など治癒系の魔法やポーション生成などに精通している。しかし、本気で攻撃に転じた際は凶悪な魔法を用いるため、彼女をよく知る精霊たちからは決して怒らせてはならない、という評価を得ている。現在ウィルと契約している精霊の中で怒らせると一番怖い。


こんな感じです。如何でしょうか。登場キャラが多い作品なのでこんなふうにご紹介することで、読者様の気になるキャラが増えたらいいなと思っております。できるかぎり作中で魅力を伝えられたらそれが一番なんですけどね。頑張ります。

最後になりましたが謝辞を。

イラストを担当していただいているネコメガネ先生。いつも素敵なイラストをありがとうございます。かわいいウィルとその仲間たちがいっぱい見られてとても幸せです。

漫画を担当していただいている木端みの先生。設定もりもりで大変な作品ですが丁寧に漫画化していただき、本当にありがとうございます。

今年も暑くなりそうですので先生方もお体ご自愛くださいませ。

担当I様。いつもお待たせしまして申し訳ございません。もう少し事がスムーズに運べるように努めてまいりますので、これからもよろしくお願いいたします。

最後になりましたが、本書をお読みくださいました読者の皆様に最大級の感謝を。

小説版、コミック版、どちらも楽しんでいただけると嬉しいです。綾河も次巻で皆様に再びお会いできるよう頑張って書き進めていきたいと思います。それではまた。

綾河らら

ウィル様は今日も魔法で遊んでいます。8

発　行
2024年7月16日　初版発行

著　者
綾河ららら

発行人
山崎　篤

発行・発売
株式会社一二三書房
〒101-0003　東京都千代田区一ツ橋2-4-3 光文恒産ビル
03-3265-1881

印　刷
中央精版印刷株式会社

作品の感想、ファンレターをお待ちしております。

〒101-0003　東京都千代田区一ツ橋2-4-3 光文恒産ビル
株式会社一二三書房
綾河ららら 先生／ネコメガネ 先生

Printed in Japan, ISBN 978-4-8242-0278-9 C0093
※本書は小説投稿サイト「小説家になろう」（https://syosetu.com/）に
掲載された作品を加筆修正し書籍化したものです。